KB043053

【데이트 어 잡(Job) case-1 학생】

"으음.『일하지 않는 자 먹지도 말라』……인가."

어느 날의 쉬는 시간. 굳은 표정을 지은 토카는 팔짱을 낀 채 고개를 갸웃거리고 있었다.

"토카 씨, 왜 그러세요?"

『표정이 꽤나 심각하네~.』

토카와 같은 교복을 입은 요시노와 『요시농』이 그녀에게 말을 걸었다. 그러자 토카는 입을 꾹 다문 채 고개를 들었다.

"아까 선생님이 했던 말 때문이다. 시도가 해주는 밥을 못 먹게 되는 건 곤란하다만…… 나는 과연 일이라는 걸 하고 있는 것일까?"

토카는 그렇게 말한 후, 으음 하고 낮은 신음을 흘렸다.

"음…… 학생도 직업이라고 할 수 있지 않을까요?"

"오오, 그렇구나. ……음? 그러고 보니 요시노와 요시농은 왜 교복을 입고 있는 것이냐?"

"그, 그게……."

『번외편에서 그런 걸 신경 쓰면 안 돼~.』

"음……?"

요시노와 요시농의 말은 이해가 되지 않았지만 너무 깊이 파고들면 안 될 것 같았다.

"그건 그렇고 학생이라. 내 직업은 학생인 거구나."

토카는 납득한 것처럼 고개를 끄덕였다. 하지만 몇 초 후, 다시 고개를 갸웃거렸다.

"으음……. 학생의 일이란 어떤 거지?"

『토카는 은근히 엄청 어려운 질문을 하네~.』

『요시농』이 솜씨 좋게 팔짱을 끼면서 말했다. 그리고 요시노는 쓴웃음을 지으면서 입을 열었다.

"학생의 일은…… 역시 학업이 아닐까요?"

"학업. 음, 공부인가……. 그렇구나."

토카는 납득한 것처럼 고개를 끄덕였다. 하지만 또 궁금한 게 생겼는지 고개를 갸웃거렸다.

"그럼 체육도 일이라고 할 수 있을까?"

"으음…… 체육도 엄연한 수업이니까 학생의 일이라고 할 수 있을 거예요.

『맞아~. 책상 앞에 앉아서 하는 것만 공부는 아니잖아. 그리고 학교에서 하는 건 대부분 학생의 일이라고 해도 되지 않을까~? 친구와의 커뮤니케이션도 중요하다고 생각해~.』

『요시농』이 고개를 끄덕이면서 말했다. 토카는 그 말을 듣고「오오!」하고 탄성을 질렀다.

"그렇구나. 그럼…… 도시락이나 매점 빵을 먹는 것도 일이겠구나!"

"음, 그건…… 아마……."

『음~ 뭐, 튼튼한 몸을 만든다는 의미에서라면, 그렇게 볼 수도 있지…… 않을까?』

요시노와 『요시농』이 그렇게 대답하자 토카는 힘차게 고개를 끄덕였다.

"그래! 그럼 나는 맛있는 밥을 먹기 위해 우선 도시락을 먹도록 하겠다!"

토카가 힘찬 목소리로 그렇게 말하자, 요시노와 『요시농』은 난처하다는 듯이 쓴웃음을 지었다.

【데이트 어 잡(Job) case-2 메이드】

텐구 시 한편에 있는 메이드 카페.

그곳에서는 화려한 겉모습과 달리 메이드들이 피로 피를 씻는 세력 다툼을 벌이고 있었다.

"어머어머, 오리가미 양. 안녕하세요. 오늘도 부질없는 노력을 하러 오신 건가요?"

"토키사키 쿠루미. 너한테는, 지지 않을 거야."

토비이치 오리가미와 토키사키 쿠루미, 두 사람은 이 가게에서 항상 톱의 자리를 다투고 있는 인기 메이드들이다.

하지만 정점의 자리는 언제나 하나다. 두 사람은 지명 횟수 및 수익을 통해 진정한 넘버원을 결정하는 승부를 하고 있었다.

"우후후. 오늘이야말로 완벽하게 숨통을 끊어주겠어요."

"넘버원 같은 것에는 관심 없어. 하지만 넘버원에게 주어지는 점장의 볼 키스만큼은 절대 양보할 수 없어."

이 가게의 점장인 이츠카 시도는 오리가미의 말을 듣고 어깨를 부르르 떨었다.

"저기, 나는 그런 소리 처음 듣는데?"

"키히히, 히히. 위세 하나는 좋군요. 격의 차이를 가르쳐주겠어요."

"바라는 바야."

"……어이, 둘 다 내 말이 안 들리는 거야~?"

두 사람은 점장의 목소리가 들리지 않는 것 같았다.

그리고 영업이 시작되었다. 두 사람이 이 가게의 넘버원 자리를 걸고 승부를 하기 때문인지, 그녀들의 팬이 잔뜩 몰려왔다. 두 사람은 쉴 새 없이 지명을 받았고 매상은 점점 올라갔다.

"우후후. 다녀오셨습니까, 주인님. 어머어머, 대체 누가 주인님에게 두 발로 걷는 걸 허락한 거죠?"

"주문해. 오리링이 추천하는 건 이 스페셜 오므라이스 29,800엔짜리야. 평범한 오므라이스에 내가 케첩으로 해병대식 욕설을 적은 거야."

둘 다 자신만의 접객술로 주인님들을 접대하고 있었다. 하지만— 폐점 시간이 다가오자 오리가미가 리드하기 시작했다.

"내가 이겼어. 이제 10분만 지나면, 만회는 불가능해질 거야."

"우후후. 과연 그럴까요."

쿠루미가 자신만만한 미소를 지은 순간 가게에 손님들이 몰려들었다.

게다가— 그 손님들은 하나같이 쿠루미와 똑같이 생겼다.

"아, 이건……."

"키히히. 어머, 다녀오셨습니까, 아가씨 여러분. 누구를 지명하실 거죠?"

쿠루미는 미소를 머금으면서 말했다. 그러자 수많은 쿠루미들은 동시에 고개를 끄덕였다.

"예, 저희는—."

쿠루미들은 쿠루미가 아니라 점장을 손가락으로 가리켰다.

"점장을 지명하겠어요."

"……뭐?!"

시도는 눈을 동그랗게 떴다. 그리고 쿠루미는 당황한 목소리로 말했다.

"무, 무슨 소리를 하는 거죠……?! 미리 짜뒀던 것과 다르잖아요!"

"으음~, 그게~."

"저희도 점장님과 놀고 싶어요."

"괜찮죠? 괜찮아요."

"어, 잠깐……."

점장이 쿠루미들에게 끌려갔다.

이 날, 이 가게의 넘버원 메이드는 점장인 이츠카 시도로 결정되었다.

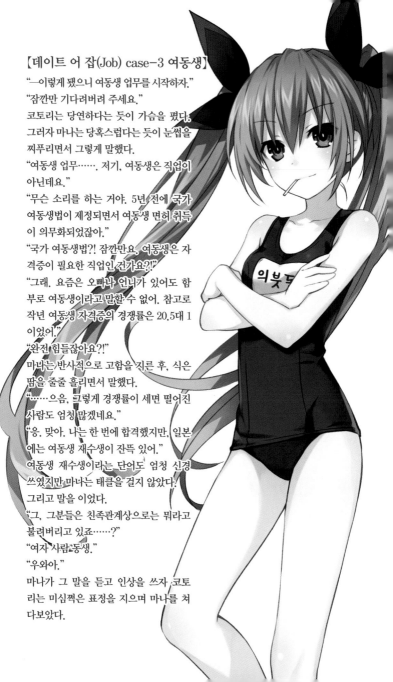

【데이트 어 잡(Job) case-3 여동생】

"─이렇게 됐으니 여동생 업무를 시작하자."

"잠깐만 기다려버려 주세요."

코토리는 당연하다는 듯이 가슴을 폈다.
그러자 마나는 당혹스럽다는 듯이 눈썹을
찌푸리면서 그렇게 말했다.

"여동생 업무……. 저기, 여동생은 직업이
아닌데요."

"무슨 소리를 하는 거야. 5년 전에 국가
여동생법이 제정되면서 여동생 면허 취득
이 의무화되었잖아."

"국가 여동생법?! 잠깐만요, 여동생은 자
격증이 필요한 직업인 건가요?!"

"그래. 요즘은 오빠나 언니가 있어도 함
부로 여동생이라고 말할 수 없어. 참고로
작년 여동생 자격증의 경쟁률은 20.5대 1
이었어."

"완전 힘들잖아요?!"

마나는 반사적으로 고함을 지른 후, 식은
땀을 줄줄 흘리면서 말했다.

"……으음, 그렇게 경쟁률이 세면 떨어진
사람도 엄청 많겠네요."

"응. 맞아. 나는 한 번에 합격했지만, 일본
에는 여동생 재수생이 잔뜩 있어."

여동생 재수생이라는 단어도 엄청 신경
쓰였지만 마나는 태클을 걸지 않았다.
그리고 말을 이었다.

"그, 그분들은 친족관계상으로는 뭐라고
불려버리고 있죠……?"

"여자 사람 동생."

"우와아."

마나가 그 말을 듣고 인상을 쓰자 코토
리는 미심쩍은 표정을 지으며 마나를 쳐
다보았다.

"저기, 마나. 아까부터 계속 초보적인 질문을 하는 것 같은데…… 너, 혹시 무면허 여동생이야?"

"무면허 여동생 같은 엄청난 단어까지 있어버리는 거군요……."

마나가 그렇게 말하자 코토리는 상황을 눈치챘는지 팔짱을 끼면서 고개를 끄덕였다.

"아하……. 조심해. 아무리 솜씨가 좋더라도, 무면허로 여동생 행위를 하는 건 법에 저촉돼. 얼마 전에도 의뢰인을 『오빠』라고 불러주고 거액의 보수를 요구한 무면허 여동생이 체포당했다구."

"그건 완전히 다른 직업 같은데요……."

마나가 질색을 하고 있을 때 코토리와 마나의 오빠인 시도가 두 사람의 곁을 지나갔다.

"어, 너희 지금 뭐하고 있는 거야?"

"아, 오라버니……."

마나가 시도를 그렇게 부른 순간, 갑자기 사이렌 소리가 들려왔다.

"어?! 이건 대체……."

"윽! 큰일 났어! 여동생 경찰이야! 마나가 시도를 오라버니라고 부른 걸 들은 거야!"

"여동생 경찰?! 어, 어째서 그딴 게 있는 거죠?!"

"설명은 나중에 할게! 도망치자! 잡히면 여동생 수용소로 보내져서 여동생 간수에게 여동생 교정을 당할 거야!"

"예…… 에엣?!"

영문을 모르는 마나는 코토리에게 등을 떠밀리며 억지로 이 자리에서 도망쳤다.

DATE A LIVE ENCORE 4

Working TOHKA, Highschool YOSHINO, Normalize ORIGAMI, Cat KURUMI, Mission MANA,
Mystery KOTORI, Reverse TOHKA

CONTENTS

DATE

데이트

A

어

LIVE

라이브

ENCORE
앙코르 4

글 : **타치바나 코우시**
그림 : **츠나코**
옮긴이 : **이승원**

THE SPIRIT
정령(精靈)

인계(隣界)에 존재하는 특수 재해 지정 생명체. 발생 요인, 존재 이유 둘 다 불명.
이쪽 세계에 모습을 드러낼 때, 공간진(空間震)을 발생시켜 주위에 심각한 피해를 끼친다.
또한, 엄청난 전투 능력을 보유하고 있음.

WAYS OF COPING1
대처법1

무력을 통한 섬멸.
단, 위에서 말했듯 매우 강대한 전투 능력을 보유하고 있기 때문에 달성 가능성이 극도로 낮음.

WAYS OF COPING2
대처법2

——데이트를 해서, 반하게 만든다.

데이트 어 라이브
앙코르 4

DATE A LIVE ENCORE 4

SpiritNo.4
Height 145 Three size B72/W53/H74

토카 워킹

WorkingTOHKA

DATE A LIVE ENCORE 4

어느 날 쉬는 시간에 있었던 일이다.

옆자리에 앉은 야토가미 토카가 시도를 향해 몸을 쑥 내밀었다.

"시도. 오늘 저녁은 무엇이냐?"

그렇게 말한 토카는 칠흑빛 머리카락 끝을 흔들면서 귀여운 얼굴로 쳐다보았다. 하지만 그녀의 시선을 받은 이츠카 시도는 식은땀을 흘리면서 몸을 뒤쪽으로 살짝 젖혔다.

시도의 옆집에 사는 토카는 매일 같이 그의 집에 저녁밥을 먹으러 오지만…… 클래스메이트들이 이 사실을 알면 또 괜한 소문이 퍼질 것이다.

"……저기, 좀 더 작게 말해."

"으음, 그래야 했지. 미안하다. ─그런데, 저녁은 무엇이냐?"

토카는 아주 약간 목소리를 낮추면서 물었다. 그러자 시도는 하아 하고 한숨을 내쉰 후 대답했다.

"오늘은…… 그래. 오므라이스는 어때?"

"아! 오, 오오…… 그 보들보들한 거 말이구나!"

"그래. 데미글라스 소스도 듬뿍 뿌려줄게."

"뭐, 뭐어……."

토카는 양손을 부들부들 떨면서 황홀한 표정을 지었다. 그러고 보니 시도는 일전에 토카에게 오므라이스를 한 번 만들어준 적이 있었는데, 그때도 그녀는 매우 맛있게 먹었었다.

"음, 뭐냐. 정말 좋은 생각이다! 벌써부터 기대되는구나!"

"……그러니까, 목소리 좀—."

"토카~."

자신의 말을 막듯 들려온 그 목소리가 귀에 들어온 순간, 시도는 어깨를 희미하게 떨었다.

그리고 그 목소리의 주인이 누구인지 확인하기 위해 토카의 뒤편을 쳐다본 시도는— 그대로 얼어붙었다.

그것도 그럴 것이, 그곳에 있는 이는 토카의 친구이자 이반의 대표 정보 발신원인 아이, 마이, 미이 3인조였기 때문이다.

그녀들의 귀에 들어간 재미있을 법한 이야깃거리는 하루도 채 지나기 전에 교실 전체에 퍼져나가고 만다. 그렇기에 시도는 토카가 방금 한 말을 둘러댈 방법을 찾기 위해 머리를 굴렸다.

하지만 세 사람은 시도와 토카가 방금 나눈 대화에 대해 언급할 생각이 없는 것 같았다. 그녀들은 토카를 둘러싸더니, 동시에 그녀의 손을 덥석 잡았다. 참고로 아이가 오른손, 마이가 왼손, 그리고 미이는 손 대신 토카의 머리를 잡았다.

"으, 으음? 뭐하는 것이냐?"

느닷없이 세 사람에게 포위당한 토카는 당황한 듯한 표정을 지으며 입을 열었다. 그러자 세 소녀는 열의에 찬 표정을 지으며 토카를 향해 얼굴을 쑥 내밀었다.

"저기, 토카."

"혹시나 해서…… 묻는 건데 말이야."

"아르바이트, 안 해 볼래?"

"아르바이트? 그게 무엇이냐?"

토카는 영문을 모르겠다는 표정을 지었다.

"으음, 간단하게 설명하자면……."

아이는 손가락을 하나 세우면서 설명을 시작했다. 그 말을 들은 토카는 흥미가 생겼는지 "흐음." 하고 고개를 끄덕였다.

"흠. 오호라. 일을 해서 금전을 버는 것이냐."

"그래. 어때~? 역 앞에 있는 『라 퓌셀』이라는 카페야."

"얼마 전에 라이벌 가게가 생겼는데, 거기서 홀 점원을 빼 갔다구~."

"부탁이야! 하다못해 며칠만이라도 좀 해줘~."

세 사람이 연달아 말을 늘어놓자, 토카는 으음 하고 낮은 신음을 흘렸다.

　"진짜로 위기야. 근처에 생긴 라이벌 가게가 이 업계에서 악명이 자자한 체인점이거든~."

　"맞아. 앞뒤 안 가리고 가게를 낸 후, 근처 가게의 장사를 훼방 놔서 문 닫게 만들어~. 우리 가게도 점점 손님이 줄어서 큰일이야."

　"그러니 초절정 미소녀 토카를 얼굴마담으로 내세워서 손님들의 발길이 되돌려볼 생각이라고나 할까……."

　마지막 말에서 본심이 살짝 드러났다. 하지만 며칠 가지고는 의미가 없을 것 같은데…….

　"시도는 어떻게 생각하느냐?"

　"응? 으음…… 글쎄……."

　토카가 느닷없이 묻자, 시도는 당혹스러운 표정을 지으며 눈썹을 찌푸렸다.

　카페의 홀 스태프……라면 간단히 말해 웨이트리스이리라. 토카는 예전보다 이쪽 세계에 익숙해지기는 했지만, 과연 접객업을 잘 할 수 있을까…….

　시도가 그런 생각을 하고 있을 때, 토카의 귓가에 입을 댄 아이가 귓속말을 하기 시작했다.

　그러자 토카는 "오오……!" 하고 외치면서 눈을 치켜떴다. 그리고 시도를 쳐다본 후, 고개를 힘차게 끄덕였다.

"좋다! 하겠다!"

토카가 그렇게 말하자, 아이, 마이, 미이의 표정이 환해졌다.

"좋았어! 승낙해줘서 고마워!"

"점장님에게도 이야기해둘게!"

"오늘 방과 후부터 잘 부탁해~!"

그렇게 말한 세 사람은 손을 흔들면서 시도의 자리에서 멀어졌다.

"어, 어이, 토카. 괜찮겠어? 좀 더 생각해본 후에 대답하는 게……."

"괜찮다! 나만 믿어라! 카페라는 곳에는 몇 번 가본 적이 있지 않느냐!"

시도가 불안한 목소리로 말을 건네자, 토카는 자신만만해하면서 가슴을 폈다. 그러자 시도는 미심쩍은 시선으로 토카를 쳐다보았다.

"……방금 마이한테서 무슨 소리를 들은 거야?"

시도가 그렇게 말하자, 토카는 노골적으로 어깨를 부르르 떨었다. 그리고 이마에 땀방울이 맺힌 그녀는 휘익~, 휘익~ 하고 말했다. 아무래도 휘파람을 잘 불지 못하기에 입으로 시늉을 하고 있는 것 같았다.

아마 팔다 남은 케이크를 다 먹어도 된다는 말을 들은 것이리라. 시도는 하아 하고 한숨을 내쉬면서 머리를 긁적였다.

그리고 호주머니에서 핸드폰을 꺼낸 시도는 어떤 번호로

전화를 걸었다.

그러자 잠시 후, 핸드폰에서 여동생인 코토리의 밝은 목소리가 흘러나왔다.

『여보세요~. 오빠~, 무슨 일이야?』

"아, 코토리. 실은 토카 일로……."

『……잠깐만 스톱.』

곧 핸드폰에서는 후다다다닥 하고 복도를 달리는 소리, 그리고 스르륵 하고 천이 스치는 소리가 흘러나왔다. 마치― 머리카락을 묶은 리본을 바꿔 맬 때 날 법한 소리였다.

『―이제 됐어. 토카에게 무슨 일이라도 생긴 거야?』

그 뒤를 이어 들려온 목소리는 여동생의 느긋한 목소리가 아니었다. 같은 인물의 입에서 나온 것으로 들리지 않을 만큼, 그 목소리는 위엄으로 가득 차 있었다.

『세상물정을 모르는 토카에게 음란한 멘트를 가르쳐준 게 들통 나기라도 한 거야?』

"그딴 짓 한 적 없어!"

『그럼 무슨 일인데?』

"그게…… 토카가 아르바이트를 하고 싶다고 해서 말이야……."

『아르바이트? 어떤 아르바이트인데?』

"자세한 건 모르겠는데, 카페 웨이트리스인 것 같아. 며칠 동안만 하기로 한 것 같은데…… 어떻게 생각해?"

시도가 그렇게 묻자, 코토리는 몇 초 동안 낮은 신음을 흘리며 생각에 잠긴 후 대답했다.

『뭐…… 괜찮지 않겠어?』

"진심으로 하는 소리야? 토카가 접객을 할 수 있을 것 같아?"

『이것도 다 경험이야. 우리의 목적이 뭔지 잊은 건 아니지? 공간진의 원인을 원만하게 없앤 후— 정령이 평화로운 삶을 살 수 있게 하는 것. 정령의 자발적인 행동은 우리로서도 바라는 바야. 솔직히 말해 토카의 의욕에 찬물을 끼얹고 싶지는 않아.』

시도는 코토리의 말을 듣고 낮은 신음을 흘렸다.

사실 토카는 인간이 아니라, 공간진이라 불리는 재해의 원인인— 정령이다.

그리고 코토리는 정령을 보호하려 하는 비밀기관 〈라타토스크〉의 사령관이다.

『뭐, 우리쪽에서도 신경을 쓸 테니까 너무 걱정하지 마. 그리고 과보호도 토카 본인에게는 좋지 않을 거야.』

"으음…… 뭐, 그건 그래."

시도는 휴우 하고 한숨을 내쉬면서 전화를 끊은 후, 토카를 쳐다보았다.

토카는 "기다려."라는 말을 들은 강아지처럼 책상에 양손을 댄 채 시도의 말을 기다리고 있었다. 그 모습을 본 시도는 쓴웃음을 지으면서 토카의 어깨에 손을 얹었다.

"뭐……. 그럼 열심히 해봐."

"음!"

토카는 힘차게 고개를 끄덕였다.

◇

그날 밤.

시도가 거실에서 텔레비전을 보고 있을 때, 복도에서 발소리가 들려왔다.

"시도! 돌아왔다!"

거실 문이 힘차게 열리더니, 교복 차림의 토카가 모습을 드러냈다. 아무래도 자택인 맨션에 가지도 않고 곧장 이곳으로 온 것 같았다.

"선물이다!"

토카는 그렇게 말하면서 들고 있던 귀여운 상자를 내밀었다. 시도가 열어보니, 그 안에는 각양각색의 케이크가 들어 있었다.

"오오…… 이거 엄청난걸."

"음. 점장이 줬다! 다 같이 먹자꾸나!"

만면에 미소를 지은 토카를 본 시도는 쓴웃음을 지었다. 역시 먹을 것에 낚여서 아르바이트를 승낙한 것 같았다.

시도는 의자 등받이에 걸쳐둔 앞치마를 매면서 부엌을 향해 걸어갔다.

"아직 저녁 안 먹었지? 금방 준비해줄 테니까 잠시만 기다려."

"음!"

시도는 토카를 향해 가볍게 손을 흔든 후, 냉장고에서 달걀을 꺼냈다. 벌써 밤 9시 30분이 지났지만, 시도도 토카를 기다리느라 저녁을 먹지 않았다. 참고로 코토리는 일 때문에 오늘은 〈프락시너스〉에 묵기로 한 것 같았다.

치킨라이스와 데미글라스 소스는 이미 만들어뒀지만, 달걀은 미리 만들어둘 수 없었다.

냄비나 전자레인지로 데우면 보들보들한 식감을 망치기 때문이다.

시도는 달걀을 풀면서 거실에 있는 토카를 쳐다보았다.

"그런데…… 어땠어?"

"음?"

"아르바이트 말이야, 아르바이트. 일은 제대로 한 거야?"

"음, 물론이다!"

토카는 고개를 힘차게 끄덕인 후, 가슴을 두드렸다.

"정말? 어떤 일을 했는데?"

"음, 우선 인사를 배웠다. 손님이 오면 『어서 오세요!』하고 말해야 한다더구나. 힘차게 인사를 해야 한다고 들었다!"

"뭐, 그건 기본이지."

"그리고 유니폼을 지급받았다."

"흐음, 어떤 거야?"

"으음, 뭐랄까, 토끼 같은―."

"……뭐?"

왠지 이상한 말이 들린 듯해 시도는 버터를 녹인 프라이 팬에 달걀을 넣으면서 고개를 갸웃거렸다.

토끼 같은 복장……. 시도가 그 말을 듣고 떠올린 것은 에 나멜 소재로 된 몸에 착 달라붙는 옷과 망사 타이츠, 토끼 귀 헤드 드레스를 장비한 바니걸 스타일이었다.

"에이, 말도 안 돼."

토카가 일하는 곳은 밤에만 문을 여는 그렇고 그런 가게 가 아니라 평범한 카페다. 시도는 고개를 새차게 저었다. 분 명 토끼 모양 탈인형(그것도 좀 문제가 있지만) 같은 것이리 라. 시도는 자기 자신을 억지로 납득시키려는 것처럼 작게 고개를 끄덕였다.

하지만 토카는 그런 시도의 태도를 눈치채지 못했는지 즐 겁게 말을 이었다.

"그리고 다음에는 손님에게 주문한 음식을 가져다줬다."

"으, 응. 그랬구나. 어떤 메뉴가 있었어?"

"으음…… 아, 그러고 보니 독특한 음료가 있었다."

"어떤 건데?"

"점장에게 이게 뭔지 물어봤더니, 특별히 나에게도 한 잔 대접해줬다. 이름이 뭐였더라…… 진 뭐시기라는 음료였다. 마시니까 몸이 달아오르더구나."

"……뭐?"

시도는 토카의 말을 듣고 미간을 찌푸렸다. 마시면 몸이 달아오르는 음료……. 시도의 머릿속에서는 진 토닉이나 진 라임처럼 미성년자가 마시면 안 되는 알코올음료의 이름이 떠올랐다가 사라졌다.

"어이…… 토카, 그건……."

시도의 볼을 타고 식은땀이 흐르는 가운데, 토카는 팔짱을 끼면서 고개를 끄덕였다.

"아, 맞다. 그 외에도 한 일이 더 있다."

"더, 더 있는 거야……?"

"음. 가게 문을 닫은 후 안쪽에 있는 방에 가서 점장을 기분 좋게 해주면, 급료와는 별도의 품삯을 받을 수 있다!"

"……뭐?!"

"음?"

시도가 경악한 순간, 토카는 미심쩍다는 듯이 미간을 찌푸렸다.

"시도? 어디선가 타는 냄새가 나지 않느냐?"

"뭐? 잠깐, 아……!"

시도는 그 말을 듣고 자신의 손 언저리를 쳐다봤다.

프라이팬 위에서는 보들보들은 고사하고 아예 새까맣게 되어버린 달걀 덩어리가 검은 연기를 뿜고 있었다.

◇

"여기구나……."

다음날. 시도는 역 앞에 있는 카페『라 퓌셀』을 찾았다.

시도가 이곳에 찾아온 이유는 단순했다. 어제 이런저런 이야기를 듣고 토카가 너무 걱정되었기 때문이다.

코토리에게 연락을 취해 토카에 대해 물어봤지만, 그녀는 「딱히 걱정할 필요 없어」라는 말만 계속 했다. 그리고 결국에는 귀찮다는 듯이 「그렇게 걱정되면 직접 확인해봐」라고 말했다.

현재 시각은 오후 1시 30분. 오늘은 토요일이기 때문에 토카는 점심때부터 아르바이트를 하고 있었다. 시도는 토카가 집을 나선 후, 선글라스와 마스크로 대충 변장을 하고 그녀를 뒤를 쫓듯 이곳에 왔다.

시도는 대로 한편에 존재하는 카페의 외관을 쏘아보듯 쳐다보았다. 세월이 느껴지는 목제 외벽과 간판이 눈에 들어왔다. 그리고 입구 근처에는 조그마한 검은색 칠판에 손글씨로 오늘의 추천 세트가 적혀 있었다. 언뜻 보기에는 오래된 개인경영 카페 같은 느낌이었다.

"······겉보기에는 평범하네."

시도는 그렇게 말한 후, 고개를 살며시 저었다. 외관이 평범하다고 해도 방심할 수는 없다.

기합을 넣듯 주먹을 말아 쥔 시도는 각오를 다지면서 가게 문을 열었다.

가게 안은 밖에서 보면서 상상했던 것보다 훨씬 넓었다. 확실히 이 정도 크기라면 홀 스태프를 빼앗기는 게 심각한 대미지로 작용할 것 같았다.

라이벌 가게의 훼방으로 손님의 숫자가 줄었다고 들었지만······ 가게 안에는 빈자리가 거의 없었다. 이게 손님이 줄어든 상태라면, 전성기에는 대체 얼마나 인기가 좋았던 것일까.

"오오, 어서 와라!"

바로 그때, 귀에 익은 목소리가 시도의 고막을 흔들었다.

선글라스 너머로 보이는 어두운 시야에 토카의 모습이 들어왔다. 프릴이 잔뜩 달린 귀여운 유니폼을 입은 토카는 시도를 향해 환한 미소를 짓고 있었다.

"······윽!"

그 복장이 너무 잘 어울렸기 때문일까, 시도는 무심코 숨을 삼키고 말았다. 솔직히, 변장을 위해서라고 해도 선글라스를 낀 것이 후회될 수준이었다.

"한 분이냐?"

"어? 아, 예."

"그러하느냐. 그럼 이쪽으로 오거라!"

토카는 그렇게 말하면서 시도를 창가 자리로 안내했다. 시도는 토카가 안내해준 자리에 앉은 후, 휴우 하고 한숨을 내쉬었다. 아무래도 정체를 들키지는 않은 것 같았다. 우선 잠입에는 성공했다.

하지만 시도는 곧 고개를 갸웃거렸다.

그럴 만도 했다. 토카가 입은 유니폼은 프릴이 좀 많이 달리기는 했지만 웨이트리스 복장치고는 평범했다. 시도가 상상했던 선정적인 바니걸 차림과는 완전히 달랐던 것이다.

"그럼 토끼 같은 복장이라는 건……."

시도가 고개를 갸웃거리고 있을 때, 토카가 물이 든 잔과 물수건을 시도 앞에 놓더니 한 건 해냈다는 듯이 만족스럽게 고개를 끄덕였다.

"음, 이걸로 됐구나. 자, 주문할 메뉴는 결정했느냐?"

"어?"

주문을 받는 타이밍이 좀 빠른 듯한 느낌이 들기는 했지만…… 신경 쓸 정도는 아니었다. 시도는 메뉴를 훑어보면서 적당히 주문했다.

"……그럼 다르질링을…… 아, 그리고 나폴리탄 스파게티도 부탁해요."

시도는 홍차와 요리를 주문했다. 토카가 너무 걱정되어서 점심을 먹는 둥 마는 둥 했기 때문에 이제 와서 위가 비명을 지르기 시작한 것이다.

"음, 알았다! 잠시만 기다려라!"

토카는 힘차게 고개를 끄덕였다.

그리고 토카가 주방 쪽으로 걸어간 순간, 시도는 "아." 하고 말하면서 눈을 치켜떴다.

토카의 가슴 언저리에는 『야토가미』라고 적힌 토끼 모양 이름표가 달려 있었던 것이다.

"으음, 토끼라는 게……"

시도는 볼을 긁적였다. 꽤나 말도 안 되는 착각을 한 것 같았다.

시도는 마음을 진정시키기 위해 숨을 깊이 들이마신 후 내쉬었다. 그 후, 시도는 가게 안을 둘러보았다.

꽤 산뜻한 느낌의 카페였다. 정교하게 장식된 테이블과 의자, 그리고 부드러운 빛을 뿜는 간접조명이 카페를 꾸미고 있었다. 구석구석까지 청소가 잘 되어 있으며, 곳곳에서 이 카페 주인의 열의가 느껴졌다. 방과 후에 여고생들이 걸즈 토크를 나누기보다, 정숙한 부인이 차분하게 차를 즐길 듯 한 분위기였다.

"뭐, 겉보기에는 꽤 괜찮아 보이는 가게이긴 한데……"

시도는 물을 한 모금 마신 후 중얼거렸다.

"아직…… 방심할 수는 없지."

시도는 마음을 다잡듯 심호흡을 한 후, 들고 있던 메뉴를 세세하게 체크하기 시작했다. 토카의 이야기에 따르면 이곳은 미성년자에게 알코올을 제공하는 것 같았다.

……하지만, 아무리 뚫어져라 쳐다봐도 메뉴에는 알코올 계열이 없었다. 진이 들어간 칵테일은 고사하고 맥주도 없었다. 메뉴에 있는 것이라고는 커피와 홍차, 그리고 간단한 식사 메뉴와 케이크 같은 양과자뿐이었다.

"……밤이 되면 메뉴가 바뀌는 걸까……?"

시도가 그런 생각을 하고 있을 때, 밝은 목소리가 들렸다.

"오래 기다렸구나!"

고개를 들어보니, 은색 쟁반을 든 토카가 서있었다.

"다르질링과 나폴리탄을 가져왔다!"

"아, 예. ……어, 라?"

시도는 주문한 음식을 테이블 위에 놓는 토카를 쳐다보면서 미간을 살짝 찌푸렸다.

홍차 포트와 잔으로 나온 다르질링은 문제가 없었다.

하지만, 문제는 나폴리탄이었다. 흰색의 커다란 접시에는 김이 나는 새빨간 면발이 산더미처럼 담겨 있었다. 솔직히 말해 30분 안에 다 먹으면 무료, 같은 도전 메뉴처럼 보였다.

"저, 저기, 이건……."

"음! 점장에게 이걸로는 부족하다고 말했더니, 곱빼기로 만들어주더구나!"

"……."

토카가 먹을 게 아닌데…… 라는 생각이 들었지만, 괜한 소리를 했다가 정체가 탄로 나면 곤란하다고 생각한 시도는 「……고마워요」라고 말하면서 고개를 끄덕였다.

"음, 그럼 무슨 일 있으면 불러다오!"

토카는 활기찬 목소리로 그렇게 말한 후, 다른 곳으로 향했다.

시도는 잠시 동안 그녀의 등을 쳐다본 후, 눈앞에 놓인 캡틴 나폴리탄을 쳐다보면서 하아 하고 한숨을 내쉬었다. 주문을 한 이상 열심히 먹을 수밖에 없다.

하지만 그 전에 확인해야만 하는 것이 있다는 사실을 떠올린 시도는 근처를 지나가던 웨이트리스에게 말을 걸었다.

"저기요."

"예?"

웨이트리스는 고개를 갸웃거렸다. 특징이 없는 점이 특징인 듯한 외모를 지닌 그녀는 토카에게 아르바이트 권유를 했던 3인조 중 한 명인 하자쿠라 마이였다. 참고로 그녀의 가슴에는 고양이 모양 이름표가 달려 있었다.

"좀 물어볼 게 있는데요. 그 이름표는……."

시도가 마이의 가슴을 손가락으로 가리키면서 묻자, 그녀는 "아하." 하고 말하면서 고개를 끄덕였다.

"귀엽죠? 이 가게에는 아이를 동반한 손님도 많이 오시거든요. 참고로 이건 점장님이 직접 만드신 거예요."

"아, 아하…… 그렇군요……."

시도는 몸에서 힘이 빠져나가는 것이 느껴졌다.

"으음, 하나 더 물어봐도 될까요?"

"예. 뭐죠?"

"이 가게는 밤이 되면 메뉴가 바뀌나요?"

"아뇨. 저희 가게의 메뉴는 한 종류뿐이에요."

"으음, 하지만 들은 이야기에 따르면 이 가게에는 진 뭐시기라고 해서 몸이 달아오르는 음료가 있다던데……."

"아, 그거라면……."

마이는 메뉴를 뒤집더니, 드링크 메뉴 칸의 가장 아래쪽에 적힌 것을 손가락으로 가리켰다.

"이것 아닐까요?"

마이가 가리키고 있는 것을 본 순간, 시도의 볼을 타고 땀방울이 흘러내렸다.

"……진저 허니 밀크……."

"예. 저희 가게의 추천 메뉴예요. 몸이 따뜻해지죠."

"……."

손으로 그린 듯한 생강, 꿀벌, 밀크의 캐릭터 일러스트가 정말 귀여웠다. 확실히 몸이 따뜻해질 것 같았다.

하지만, 시도는 머리를 세차게 내저었다.

확실히 바니걸과 술은 시도의 더러운 마음이 자아낸 오해였다. 하지만 그냥 넘겨버릴 수 없는 문제가 하나 남아 있었다.

"저기, 웨이트리스 아가씨. 소문으로 들은 건데……."

"예?"

"가게 영업이 끝난 후에 점장님을 기분 좋게 해주면 별도의 돈을 받을 수 있다던데, 그게 사실인가요?"

시도가 그렇게 말한 순간, 땡그랑! 하는 소리가 났다. 그리고 은색 쟁반을 놓친 마이는 과장스럽게 놀란 척을 했다.

"그, 그걸 어떻게 알았죠?! 당신, 설마 적국의 간첩?!"

"어…… 예?"

"뭐, 농담이에요. ……그런데, 진짜로 어떻게 안 거예요?"

쟁반을 주운 마이는 미심쩍은 눈초리로 쳐다보았다. 시도는 얼버무리듯 미소를 지었다.

"그, 그럼 사실인 건가요?"

"예. 뭐, 꽤 짭짤하기 때문에 다들 하고 싶어 하지만, 보통은 잘 하는 애가 불려가죠~."

"……윽!!"

마이의 대답을 들은 순간, 시도의 몸은 딱딱하게 굳어졌다.

역시 시도의 우려는 현실이 되었다. 토카를 이런 곳에서 일하게 할 수는 없다. 시도는 그렇게 생각하며 자리에서 일어나려 했다.

하지만…….

"점장님도 나이가 꽤나 드셨으니까요~. 하루 종일 일하고 나면 어깨가 결리나 봐요. 동료 중에 아이라는 애가 있는데,

그 애가 마사지를 정말 잘해서 자주 불려가요~."

"……………예?"

마이의 말을 들은 순간, 힘껏 말아 쥔 시도의 주먹에서 급속도로 힘이 빠져나갔다.

"……마사지, 라고요?"

"예. —아, 저 분이 점장님이세요."

마이는 그렇게 말하면서 주방 쪽을 손가락으로 가리켰다. 그곳에서는 앞치마를 걸친 기품 있는 노부인이 방긋 웃고 있었다.

"으음……."

"더 물어볼 게 있으신가요?"

"……아뇨, 고마워요."

시도가 그렇게 대답하자, 마이는 정중하게 고개를 숙인 후 돌아갔다.

"……."

잠시 동안 아무 말 없이 고개를 숙이고 있던 시도는 마스크를 벗어서 호주머니에 넣고 홍차를 한 모금 마셨다. 깊은 향기가 입 안에 퍼져나갔다. 시도의 더러운 마음을 씻겨주는 듯한 상냥한 맛이었다. 왠지 미안한 마음이 든 시도는 눈에서 눈물이 날 것만 같았다.

시도는 열심히 일하고 있는 토카를 쳐다보았다.

확실히 어설픈 구석이 있기는 하지만, 열심히 일하고 있는 그녀를 다른 종업원들과 손님들은 호의적으로 받아들이고 있는 것 같았다.

가게도 제대로 된 곳이며, 분위기도 좋다. 코토리의 말대로 시도가 지나치게 걱정을 한 것일지도 모른다.

"⋯⋯이거나 먹고 돌아갈까."

한숨을 내쉰 후 포크를 든 시도는 나폴리탄을 먹기 시작했다.

오늘도 토카는 지칠 대로 지쳐서 돌아올 것이다. 지금 시도가 해줄 수 있는 것은 토카가 집에 돌아왔을 때 맛있는 저녁을 대접해주는 것뿐이다. 지금부터 시장을 본 후, 저녁 준비를 하면 시간이 딱 맞을 것이다.

바로 그때─.

"어이, 이게 무슨 짓이야!"

조용한 가게에 어울리지 않는 고함 소리가 안쪽에서 터져 나왔다.

그 뒤를 이어 가게 안이 술렁거리기 시작했다.

"뭐야⋯⋯?"

시도는 미간을 살짝 찌푸리면서 소란스러운 쪽을 쳐다보았다.

벽 쪽 자리에 앉아있던 2인조 남자 손님이 인상을 한껏 쓰며 테이블에 팔꿈치를 괴고 있었다. 그리고 영문을 모르겠다는 표정을 지은 토카가 그들과 마주보며 서있었다.

"토카……?"

시도는 선글라스를 살짝 내리면서 쳐다봤다. 금발 남성이 짜증을 한껏 내면서 자신의 발을 가리켰다.

"아뜨뜨……. 어이, 방금 홍차를 쏟았잖아."

"음? 그러하냐. 앞으로는 조심해라."

토카는 태연한 목소리로 그렇게 말한 후 다른 곳으로 가려 했다. 그러자 테이블에 팔꿈치를 괴고 있던 수염을 기른 남성이 자리에서 일어나더니 그녀를 막아섰다.

"어이, 잠깐 기다려. 점원 아가씨, 이건 좀 너무하지 않아? 미안하다는 말 한 마디 하지 않았잖아. 이 가게는 점원 교육을 대체 어떻게 시키는 거야?"

"음?"

토카는 영문을 모르겠다는 듯이 고개를 갸웃거렸다.

"왜 내가 사과를 해야 하지? 이 녀석이 직접 쏟지 않느냐."

"아앙?! 무슨 소리를 하는 거야?! 네가 부딪혀서 쏟아졌잖아!"

금발 남성이 언성을 높였다. 하지만 토카는 겁먹지 않고 미간을 찌푸렸다.

"이상한 소리를 하는 구나. 나는 너와 부딪히지 않았다. 네가 다리를 걸려고 해서 피했을 뿐이지."

"……윽! 시, 시끄러워! 아무튼 너 때문에 화상을 입었다고! 어떻게 책임질 거야!"

"으음, 글쎄. 대체 뭘 어쩌라는 것이냐?"

토카가 당혹스러워하자, 그녀를 막아선 수염을 기른 남성이 상황을 수습하려는 것처럼 손을 들어 보이면서 말했다.

"흥분하지 마. 점원 아가씨도 나쁜 뜻이 있어서 그런 건 아니잖아."

"하지만 이대로 넘어갈 수는 없어. 화상을 입은 데다, 소중한 단벌옷까지 더러워졌다고. 치료비와 위자료, 세탁비 정도는 받아야 해."

토카는 그 말을 듣더니 "음?" 하고 말하면서 표정을 찡그렸다.

"치료비…… 돈을 내놓으라는 것이냐?"

"뭐, 당연하지."

"그건 곤란하다. 이곳에서 일해서 번 돈을 어디 쓸지 이미 정해뒀단 말이다."

토카는 고개를 저었다.

하지만 남자들은 그 말을 듣고 언성을 높이기는커녕— 오히려 그 말을 기다렸다는 듯이 야비한 웃음을 흘렸다.

"으음, 그거 곤란하네. 그럼 점장님 좀 불러와줄래?"

"뭐? 어째서지?"

"어째서는 뭐가 어째서야. 네가 내지 않는다면 이 가게에 책임을 물을 수밖에 없잖아. 아니면 뭐야~?! 이 가게는 손님에게 화상을 입히고도 사과조차 하지 않는 거야~?! 정말 악랄한 가게도 다 있네!"

남자는 마치 다른 손님들에게 들으라는 듯이 큰 목소리로 말했다.

"여러분도 조심하세요~! 이 가게는 손님에게 일부러 뜨거운 차를 끼얹은 것 같아요~!"

남자가 그렇게 외치자, 주위 손님들이 술렁거리기 시작했다.

"……아차~. 토카 양이 걸려들었네."

바로 그때, 시도 근처에 있던 웨이트리스가 그렇게 중얼거리면서 머리를 긁적였다. 시도네 반의 여자 3인조 중 한 명인 후지바카마 미이였다.

"아는 사람이에요?"

시도가 묻자, 미이는 질색하는 표정을 지으면서 말했다.

"뭐…… 예. 맞은편에 라이벌 가게가 생긴 후로 저런 손님이 늘었어요. 스태프를 노골적으로 스카우트해가기도 하고요……."

"그, 그렇군요……."

시도는 식은땀을 흘리면서 가게 안쪽을 쳐다보았다. 남자들이 계속 말도 안 되는 억지를 부려대자, 토카는 당혹스러운 표정을 짓고 있었다. 역시 이대로 두고 볼 수는 없을 것 같았다.

시도는 하아 하고 한숨을 내쉰 후, 소동이 일어난 테이블을 향해 걸어갔다.

"저기……."

"아앙?"

시도가 서있는 남성의 등을 쳐다보면서 말을 걸자, 그는 언성을 높이면서 뒤를 돌아보았다.

"뭐야? 형씨, 무슨 볼일이라도 있어? 우리는 지금 바쁘니까 끼어들지 말라고."

그는 날카로운 눈빛으로 시도를 노려보았다. 무심코 한 걸음 물러설 뻔 했지만, 시도는 다리에 힘을 주며 입을 열었다.

"그, 그게, 이 애가 곤란해 하는 것 같아서……."

시도가 그렇게 말하자, 의자에 앉아있던 금발 남성까지 시도를 쳐다보았다.

"아앙? 미안하지만 나는 이 애 때문에 화상을 입었다고. 그런데 사과도 하지 않고 가버리려고 하니까 설교를 하는 거란 말이야. 형씨와는 상관없는 일이거든? 오케이? 두유 언더스탠?"

"그러니까, 차를 쏟은 건—."

토카는 항의를 하려다…… 의아한 표정을 지었다.

그리고 시도를 쳐다보면서 고개를 갸웃거리기 시작했다.

"……시도?"

"—윽?!"

느닷없이 이름을 불린 시도는 화들짝 놀라면서 손으로 입을 가렸다.

그러고 보니 아까 홍차를 마시기 위해 마스크를 벗은 걸 깜빡했다. 역시 선글라스만으로는 정체를 완전히 숨길 수 없는 것 같았다.

"시도가 왜 여기에……."

"아…… 그게, 토카가 일을 잘하고 있나 싶어서……."

이렇게 됐으니 얼굴을 숨겨봤자 의미가 없다고 생각한 시도는 한숨을 내쉬면서 선글라스를 벗었다.

"앙? 뭐야. 아는 사이야? 그래서 계속 참견한 거냐?"

"하지만 이 일은 너와 상관없거든? 좀 닥쳐줄래?"

남자들이 인상을 쓰며 위협하자, 시도는 볼을 긁적이면서 말을 이었다.

"아니, 그게……. 당신들의 안전을 생각해서라도 이대로 물러설 수는 없다고 해야 할까……."

시도는 식은땀을 흘리면서 말했다. 힘이 봉인되었다고 해도 토카는 정령이다. 그녀의 힘은 인간을 가볍게 능가한다. 토카가 진심으로 분노하면 그저 인상만 험한 저 남자들 정도는 간단히 날려버리리라.

하지만 시도의 배려를 전혀 이해하지 못한 그들은 갑자기 웃음을 터뜨렸다.

"푸하하! 이 녀석, 무슨 소리를 하는 거야~? 아앙? 아, 혹시 내 여자를 건드리면 용서하지 않겠다~, 같은 소리를 하려는 거야?"

"우와~, 멋~져~. 하지만 형씨도 주제라는 걸 좀 아는 게 어때~? 애인 앞에서 두들겨 맞는 건 싫지?"

"아니, 그런 게 아니라……."

"아하하, 덜덜 떨고 있잖아! 꼴사납네~. 오줌 지리기 전에 빨리 꺼지라고, 이 얼간아."

"인마~, 우리는 바쁜 사람이거든? 정의의 사도 놀이에 어울려줄 짬은 없다고, 겁쟁이 자식아. 알았으면 빨리—"

위압적인 표정을 지으며 말을 잇던 남자는…… 숨을 삼키면서 입을 다물었다.

이유는 단순했다.

눈 깜짝할 사이에, 주위를 뒤덮은 공기가 방금까지와는 전혀 다른 무언가로 변했기 때문이다.

"—네놈들."

조용히, 하지만 뜨거운 분노가 서린 목소리로 그렇게 말한 토카는 살기마저 어린 듯한 무시무시한 시선으로 수염을 기른 남성을 노려보았다. 근처에 있던 금발 남성은 히익 하고 짧은 비명을 토하더니, 주저앉듯 의자에 앉았다.

"어, 라, 뭐……."

수염을 기른 남자의 입에서는 아까까지와는 달리 새된 목소리가 흘러나왔다.

하지만 그것도 무리는 아니었다. 외모가 바뀐 것은 아니었다. 목소리가 바뀐 것도 아니었다. 그런데도 토카에게서는 인간을 본능적 그리고 원시적인 공포에 질리게 만드는 포식 자로서의 위압감이 넘쳐흐르고 있었다.

"나에게는 무슨 소리를 해도 상관없다. —하지만 시도를 모욕한다면 용서치 않겠다."

눈에 보일 듯한 농밀한 살기. 함부로 움직였다간 그대로 목젖을 물어뜯기는 것은 아닐까 하는 착각이 들 만큼 무시 무시한 기운. 이런 토카를 앞에 두고 평상심을 유지할 수 있는 이는 전문적인 훈련을 받은 군인뿐이리라.

"지, 진정해, 토카! —어이, 당신들! 빨리 사과해! 그러면 용서해줄 거야!"

시도가 허둥지둥 외쳤다. 하지만 그 말이 상대의 자존심을 건드린 것 같았다.

"시…… 시끄러워!"

그는 고함을 지르면서 시도를 향해 오른 주먹을 휘두르려 했다.

"—윽!"

"시도!"

시도는 무심코 눈을 감았다. 하지만…… 아무리 기다려도 주먹은 그의 얼굴에 꽂히지 않았다.

잠시 후, 시도는 천천히 눈을 떴다.

그러자, 남자의 주먹이 어느새 나타난 누군가에게 잡힌

탓에 시도의 얼굴 앞에 멈춰 있는 광경이 보였다.

그 자의 주먹을 잡은 인물을 쳐다본 시도는— 어안이 벙벙한 목소리로 말했다.

"카, 칸나즈키 씨……?"

그렇다. 그 사람은 코토리의 부하이자 〈라타토스크〉의 부사령관인 칸나즈키 쿄헤이였다.

"안녕하세요."

칸나즈키는 환한 미소를 지으며 그렇게 말했다. 그리고 다음 순간, 덜컹덜컹덜컹! 하는 시끄러운 소리가 나더니 주위에 앉아있던 손님들이 모두 자리에서 일어났다.

"자, 여러분. 갈까요?"

"예?"

시도가 망연자실한 눈으로 쳐다보는 가운데, 손님들은 통솔된 움직임으로 두 남자에게 걸어가더니 두 팔을 잡아서 꼼짝 못하게 했다. 그리고 어안이 벙벙한 표정을 짓고 있는 그 남자들을 데리고 가게 밖으로 나갔다.

"어, 잠깐만, 다, 당신들 뭐야……."

"어? 어?"

그리고 마지막 손님은 흐트러진 테이블과 의자를 원래대로 해놓더니, 방금 자리에서 나간 손님들 몫의 계산을 마친 후 가게를 나갔다.

겨우 몇 분 만에 가게 안은 원래의 조용한 분위기로 되돌아왔다.

"……으, 음?"

여러 손님들에게 남자들이 연행되는 모습을 멍하니 지켜보던 토카는 당혹스럽다는 듯이 눈썹을 찌푸렸다.

하지만 곧 깜짝 놀란 표정을 지으며 시도를 향해 걸어왔다.

"시, 시도! 괜찮으냐?! 다친 곳은 없느냐?!"

"으, 응. 괜찮아."

평소 모습으로 돌아온 토카를 보고 안도한 시도는 쓴웃음을 지었다.

그건 그렇고, 방금 대체 무슨 일이 벌어진 것일까. 시도는 고개를 갸웃거리면서 손님이 꽤나 줄어버린 가게 안을 둘러보았다. 그러자—

"—저기, 거기 있는 귀여운 점원 아가씨. 추가 주문 좀 받아줄래?"

등 뒤에서 귀여운 목소리가 들려왔다.

"아……."

목소리가 들려온 곳을 쳐다본 시도는 말문이 막히고 말았다.

그것도 그럴 것이, 그곳에는 검은색 리본으로 긴 머리카락을 묶은 코토리, 그리고 그녀의 친구이자 시도의 반 부담임이기도 한 무라사메 레이네가 있었던 것이다.

"코토리— 그리고 레이네 씨. 여기서 대체 뭘……."

시도가 묻자, 코토리는 흥 하고 코웃음을 치면서 턱을 괬다.

"어라, 우리는 애프터눈 티를 즐기면 안 되는 거야?"

"그, 그런 건 아닌데……."

바로 그때, 시도는 "아." 하고 외치면서 눈을 치켜떴다.

"설마, 방금 그 손님들은—."

시도가 그렇게 말하자, 코토리는 씨익하고 웃으면서 「무슨 소리를 하는 건지 모르겠네」 라고 말하듯 고개를 돌렸다.

그것이 명백한 대답이었다. 즉, 방금 그 손님들은 〈라타토스크〉의 기관원들이었던 것이다. 시도에게 과보호를 하지 말라고 했던 당사자가 특급 과보호를 하고 있었던 것 같았다. ……그래서 손님이 많았던 것이다.

하지만 결과적으로 보자면 그 덕을 톡톡히 봤다. 시도는 어깨를 으쓱한 후 한숨을 내쉬었다.

"고마워. 덕분에 살았어."

"흥. 딱히 시도를 구해준 건 아냐. —그것보다, 토카. 달콤한 것이 먹고 싶은데 추천 좀 해주지 않을래?"

"음……?"

토카는 느닷없이 질문을 받고 눈을 동그랗게 떴다.

"흠…… 아, 그래. 밀크 슈크림이라는 게 맛있더구나. 그걸 추천하마!"

"그래? 그럼 그걸로 줘."

"알았다!"

토카는 힘차게 고개를 끄덕였다. 그 모습을 본 시도는 슬며시 미소를 지었다. 그리고 자신의 자리로 돌아가려했다.

하지만······.

"······어?"

바로 그때, 누군가가 소매를 움켜잡은 탓에 시도는 걸음을 멈췄다.

고개를 돌려보니, 토카가 쓸쓸한 표정으로 시도의 옷을 움켜잡고 있었다.

"시도는······ 안 먹을 것이냐?"

"아, 그게······."

시도는 머리를 긁적이면서 자신의 자리에 놓여있는 산더미 같은 나폴리탄을 힐끔 쳐다본 후, 하아 하고 한숨을 내쉬었다.

"그럼······ 나도 토카가 추천한 슈크림을 하나 부탁해."

시도가 그렇게 말하자, 토카의 표정이 환해졌다.

"음!"

◇

며칠 후. 토카가 별다른 문제를 일으키지 않고 단기 아르바이트를 끝냈을 즈음, 칸나즈키가 두 남자를 데리고 시도의 집을 방문했다.

눈에 익은 얼굴들이었다. 바로 『라 퓌셀』에서 토카에게 시비를 걸었던 두 남자였다. 하지만 그들은 거동이 이상했다. 마치 비 맞은 강아지처럼 사시나무 떨듯 떨고 있었기에 일전의 그 남자들과 동일인물로 보이지 않았다.

"자, 여러분. 할 말이 있지 않나요?"

칸나즈키가 빙긋 웃으면서 말하자, 두 사람은 어깨를 부르르 떤 후, 떨리는 목소리로 말했다.

"잘못했습니다……. 진짜 잘못했어요……."

"이제 그 가게에서 소란을 일으키지 않겠다고 신에게 맹세할게요……."

그리고 고개를 숙인 채 그런 소리를 했다. 너무나도 변해버린 두 사람을 본 시도와 토카는 무심코 서로의 얼굴을 쳐다보았다. 대체 무슨 일이 있었기에 이 짧은 사이에 이렇게 성격이 변해버린 것일까.

"후후. 두 사람 다 참 잘했어요."

칸나즈키가 그렇게 말하면서 두 남자의 어깨에 손을 얹자, 그들은 부들부들 떨면서 양손으로 엉덩이를 감싸 쥐었다. ……엉덩이 맴매라도 당한 걸까?

"뭐, 두 사람 다 마음을 고쳐먹은 것 같으니 용서해주는 게 어떻겠습니까?"

"하아…… 뭐, 알았어요……."

"음. 시도가 괜찮다면 나도 괜찮다."

시도와 토카가 그렇게 말하자, 두 남자는 눈물을 흘리며 그 자리에서 무릎을 꿇었다.

"감사합니다……. 감사합니다……!"

"만약 용서받지 못했다면, 우리는……!"

……정말 무슨 일이 있었던 걸까.

시도가 미심쩍다는 듯이 미간을 찌푸리고 있을 때, 칸나즈키는 빙긋 웃으면서 「그럼 이만 실례하겠습니다」 라고 말하더니 두 사람을 데리고 나갔다.

현관 앞에 남겨진 시도와 토카는 잠시 동안 망연자실한 눈으로 멀어져 가는 세 사람을 쳐다본 후, 휴우 한숨을 내쉬었다.

"……학교에나 갈까?"

"음, 그러자꾸나."

그렇다. 현재 시각은 오전 여덟 시. 두 사람이 학교에 가려고 하고 있을 때, 그 세 사람이 갑자기 찾아온 것이다.

바로 그때였다.

"아! 맞다, 시도!"

토카는 뭔가가 생각난 것처럼 그렇게 외친 후, 가방 안을 뒤지기 시작했다.

"응……? 왜 그래?"

"이걸 주마!"

토카는 그렇게 말하면서 한 손에 쏙 들어오는 조그마한 꾸러미를 시도에게 건넸다. 귀여운 리본이 매인 그것은 선물 같아 보였다.

"이게 뭐야?"

시도가 묻자, 토카는 잘난 척하듯 가슴을 펴면서 말했다.

"음! 아르바이트를 해서 번 금전으로 산 것이다! 부디 받아줬으면 한다!"

"아르바이트비로? 왜? 고생고생해서 번 돈이니까 자기를 위해서 쓰지 그랬어."

시도가 그렇게 말하자, 토카는 고개를 저었다.

"그래서는 의미가 없지 않느냐. 시도에게 선물을 하고 싶어서 아르바이트를 한 것이란 말이다."

"뭐?"

"일전에 아이가 말이다, 아르바이트를 해서 금전을 벌면, 평소에 신세를 지고 있는 시도에게 답례를 할 수 있다고 했다. 그래서……."

"아—."

시도는 눈을 동그랗게 떴다. 며칠 전, 아이, 마이, 미이 3인조는 토카에게 아르바이트를 권유하면서 귓속말을 했었다. 분명 케이크를 잔뜩 먹을 수 있다는 말인 줄 알았는데…… 아무래도 그렇지 않았던 같았다.

"아니, 하지만……."

"시도…… 기쁘지 않은 것이냐?"

토카는 불안한 표정으로 시도를 쳐다보았다. 그러자 시도는 "으……." 하고 신음을 흘린 후, 작게 한숨을 내쉬었다.

"그럴 리가 없잖아. 정말 기뻐. —고마워, 토카."

"으…… 음!"

토카는 만면에 미소를 지으며 고개를 끄덕였다. 태양을 연상케 하는 그 미소를 본 시도 또한 덩달아 미소를 지었다.

"풀어 봐도 돼?"

"물론이다!"

시도는 토카에게 허락을 받은 후, 예쁘게 포장된 꾸러미를 풀어서 안에 들어있는 내용물을 손바닥 위에 올려놓았다.

그리고— 시도가 한눈에 그 물건의 용도를 이해한 순간, 그의 볼을 타고 땀방울이 흘러내렸다.

"이, 이건……."

꾸러미 안에 들어있던 것은 네잎 클로버 모양을 한 예쁜 머리핀이었다.

"음. 친구에게 선물을 할 거라고 했더니 점원이 이걸 추천해줬다! 이걸 하고 있으면 행운이 찾아온다고 하더구나!"

"그, 그렇구나……. 고마워. 소중히 여길게."

시도는 딱딱한 미소를 지으면서 머리핀을 호주머니에 넣었다.

"음? 하지 않는 것이냐?"

"어…… 아, 아니, 그게……."

시도가 말끝을 흐리자, 토카의 표정이 점점 어두워졌다.

"여, 역시…… 기쁘지 않은 것이냐……? 미안하다……. 시도가 어떤 걸 좋아할지 몰라서……."

"그, 그렇지 않아! 정말 기뻐……!"

"……으음……. 그러하냐?"

토카는 시도의 얼굴을 올려다보았다.

"으……."

저 시선에 저항할 수 있는 남자가 있다면, 부디 이 자리로 데려와줬으면 한다. 시도는 그런 생각을 하면서 익숙하지 않은 손놀림으로 머리핀을 착용했다.

요시노 하이스쿨

HighschoolYOSHINO

DATE A LIVE ENCORE 4

두근, 두근 하고 심장이 격렬한 리듬을 새겼다.

　물론 그 소리가 밖에 있는 누군가에게 들릴 리가 없다. 그런데도, 현재 요시노는 그 때문에 큰 문제라도 발생할 것만 같았다. 그래서 요시노는 가슴에 손을 대고, 심장 박동을 진정시키려는 듯이 크게 심호흡을 했다.

　"……, ……."

　현재 요시노는 좁고 어두운 공간에 있다. 몸집이 작은 요시노도 제대로 앉을 수 없을 만큼 좁은 공간이었다. 빛이라고는 희미한 틈을 통해 스며들어오는 바깥 불빛뿐이었다. 만약 요시노가 혼자였다면— 왼손에 착용한 『요시농』이 없다면 너무 무서워서 들어갈 수도 없을 듯한 장소다.

　요시노는 그런 장소에서 숨을 죽인 채 몇 분 동안 조용히 있었다.

문 너머에서 들리던 작은 목소리가 서서히 멀어져갔다.

『……으음, 목소리가 안 들리네. 이제 간 것 같아, 요시노.』

……『요시농』이 작은 목소리로 말했다.

"으, 응……."

요시노는 눈앞에 있는 문을 에잇 하고 외치면서 밀었다. 그러자 끼익 하는 소리가 들리더니 그녀의 시야에 빛이 스며들었다.

그리고 얼굴을 내민 요시노는 좌우에 아무도 없는지 확인한 후, 방금까지 숨어있었던 로커에서 나왔다.

그녀는 가능한 한 소리가 나지 않게 문을 닫은 후, 다시 주위를 둘러보았다.

아까까지 요시노가 들어가 있었던 로커 밖은 매우 넓은 시설이었다.

〈프락시너스〉보다도 훨씬 넓은 통로가 좌우로 뻗어 있으며, 창문과 문이 여러 개 달려 있었다. 직선만으로 구성된 그 공간은 질서정연함이나 기능미보다는 매드 사이언티스트의 연구시설처럼 정체모를 불길함을 지니고 있었다.

『휴우~, 아까는 위험했어~. 들킬 뻔 했다구~.』

새된 목소리가 요시노의 고막을 흔들었다. 왼손을 보니 코미컬한 디자인의 토끼 모양 퍼핏 인형이 땀을 닦는 시늉을 하며 입을 뻐끔거렸다. 요시노의 둘도 없는 친구인 『요시농』이다.

"응…… 간발의 차이였어……."

『뭐, 근처에 숨을 만한 곳이 있어서 다행이야. 자, 빨리 가자~!』

"으, 응……!"

요시노는 『요시농』의 말을 듣고 고개를 끄덕였다.

입술을 꼭 깨문 요시노는 오른손에 든 가방의 손잡이를 꼭 움켜쥐었다.

그렇다— 현재 요시노와 『요시농』은 매우 중요한 임무를 수행하기 위해 이 거대한 시설에 잠입했다.

몇 십 분 전.

텐구 시 상공 15000미터에 떠있는 공중함 〈프락시너스〉의 함교에서는 긴장된 공기가 흐르고 있었다.

"—이건 매우 중요한 미션이야."

함장석에 앉은 사령관, 이츠카 코토리는 차분하면서도 묵직한 목소리로 말했다.

검은색 리본으로 긴 머리카락을 둘로 나눠묶고, 진홍색 재킷을 어깨에 걸친 그 소녀는 요시노와 나이 차이가 크게 나지 않아 보였다. 하지만 그녀의 목소리와 행동거지에서는 남의 위에 서는 사람다운 위용과 위엄이 느껴졌다.

"해당시설에 에이전트를 보내 타깃과 접촉. 기밀 물자를 건넨 후, 귀환할 것……. 말로 설명하면 간단한 것 같지만, 성공 가능성이 매우 낮은 미션이야. 타임 리미트는 지금부터 약 세 시간. 만약 실패한다면— 최악의 경우, 이 근처 일대가 초토화될 수도 있어."

코토리의 말을 들은 승무원들이 마른 침을 삼키는 소리가 들렸다.

코토리는 그런 승무원들의 반응을 살핀 후, 맞은편에 선 요시노를 쳐다보았다.

"—요시노, 부탁해도 될까?"

그 순간, 승무원들의 시선이 요시노에게 집중됐다.

"……윽."

무심코 몸을 비틀거린 요시노는 다리에 힘을 준 후, 각오를 다지면서 고개를 끄덕였다.

"……예. 하겠어요. 맡겨…… 주세요."

"……부탁을 해놓고 이런 말을 하는 건 좀 그렇지만, 정말 괜찮겠어?"

"으……."

코토리가 그렇게 말하자, 요시노는 고개를 숙일 뻔 했다.

하지만 바로 그 순간, 왼손에 낀 『요시농』이 질책하듯 요시노의 볼을 손으로 꾹꾹 눌렀다.

『괜찮아, 요시노. 요시농이 같이 가줄게!』

"아! 으, 응……!"

요시노는 불안을 떨쳐내려는 것처럼 고개를 저은 후, 다시 한 번 코토리를 쳐다보았다.

"부탁이에요……. 맡겨 주세요. 저도…… 여러분에게 도움이 되고 싶어요……."

"……그렇구나."

코토리는 하아 하고 한숨을 내쉰 후, 함장석에서 천천히 일어섰다.

"그럼 부탁할게. ―칸나즈키, 그걸 가져와."

"예."

코토리의 뒤편에 서있던 장신의 남성이 그녀의 말에 대답했다. 그리고 엄중하게 봉해진 가방을 꺼내서 요시노에게 건넸다.

"이, 이게……."

"응. 이번 미션의 열쇠가 되는 기밀 물자야. ―타깃과 접촉해 이걸 전달하는 게 네 임무야. 최대한 주의를 기울이며 취급하도록 해. 니트로글리세린이나 잠든 아기를 옮기듯 신중하게 말이야. 그리고 타깃과 접촉하기 전에 열어봐선 안 돼."

"아, 알았어요……."

니트로글리세린이 뭔지는 모르지만, 아무튼 신중하게 옮기라는 것 같았다. 요시노는 긴장한 표정으로 고개를 끄덕였다.

"그리고 그것도 가져와."

"예."

칸나즈키는 그렇게 말하더니 어딘가에서 본 적이 있는 듯한 의복, 그리고 허리가방을 요시노에게 건넸다.

"이건 뭔가요……?"

"잠입용 복장과— 은둔 및 도망용 비밀병기 3종 세트야. 난처한 상황에 처하면 사용해."

"아, 알았어요……."

요시노가 고개를 끄덕이자, 코토리는 손을 흔들었다.

"좋아. 요시노는 이 옷으로 갈아입도록 해. 시간이 없으니까 5분 안에 갈아입어. —다른 이들은 전송 장치를 준비해. 요시노의 준비가 끝나자마자 작전을 실행하겠어."

"예."

"해당 공역으로의 이동을 시작하겠습니다."

그 말을 들은 코토리는 고개를 크게 끄덕였다.

그 후, 그녀는 요시노를 향해 엄지를 치켜들었다.

"—부탁해. 요시노, 요시농. 텐구 시의 평화는 너희에게 달렸어."

"아…… 예……!"

『라져~!』

요시노와 『요시농』은 코토리의 말에 힘차게 대답했다.

"뭐랄까…… 이상한 곳이네, 요시농……."

주위를 살피면서 넓은 복도를 나아가던 요시노는 『요시농』에게만 들릴 만큼 작은 목소리로 말했다.

정말 기묘하기 그지없는 공간이었다. 누군가의 낮은 목소리와 부스럭거리는 소리가 곳곳에서 들리는데도, 복도에는 사람이 없었다. 아무에게도 들켜서는 안 되는 요시노로서는 잘 된 일이지만, 마치 수많은 사람들이 숨을 죽인 채 요시노를 관찰하고 있는 듯한 불길한 느낌이 들었다.

『맞아~. 정체를 알 수 없는 장소네. 이상한 실험이라도 하는 곳일까~? 얼마 전에 시도 군과 같이 봤던 텔레비전 방송에서 나왔잖아. 광기에 사로잡힌 과학자가 인체실험을 반복한 끝에 결국 괴물을 만들어…….』

"그, 그만해, 요시농……."

『아하하, 농담이야~.』

『요시농』이 낮지만 쾌활한 웃음을 터뜨렸다.

원래라면 이런 잠입 임무를 수행하면서 대화를 나눠선 안 되겠지만……『요시농』의 농담을 들으니 마음이 편해졌다. 요시노는 입가에 희미한 미소를 머금으면서 걸음을 서둘렀다.

『으음~? 여기서는 어떻게 가야하더라~?』

"으음…… 목적지는 3층이니까, 계단으로 올라가는 편이 좋을 거라고 코토리 씨가 말했었어……."

『응, 오케이~. 그럼 저쪽으로 가야겠네.』

『요시농』이 그렇게 말하면서 복도 끝을 쳐다본 바로 그 순간이었다.

"⋯⋯아!"

요시노는 어깨를 부르르 떨었다.

이유는 단순했다. 앞쪽에서 누군가의 이야기 소리가 들렸기 때문이다.

"요, 요시농⋯⋯!"

『빨리 숨자! 근처에 아까 같은 로커는 없어?』

서둘러 주위를 둘러봤지만 이 복도는 외길인데다 주위에는 로커가 없었다.

"없어⋯⋯. 어, 어쩌지?"

『어쩔 수 없네. 왔던 길로 돌아가서 저 사람들을 피하자~!』

"으, 응⋯⋯!"

요시노는 고개를 끄덕인 후, 오른손에 든 가방이 가능한 한 흔들리지 않도록 조심하면서 왔던 길로 되돌아가기 시작했다.

하지만—.

"앗⋯⋯!"

요시노는 곧 걸음을 멈췄다. 뒤쪽에서도 누군가의 발소리가 들려왔기 때문이다.

"요⋯⋯ 요시농, 뒤편에도 누가 있는 것 같아⋯⋯!"

『뭐, 뭐어~?!』

『요시농』은 과장스럽게 놀란 듯한 리액션을 취했다.

하지만 이러는 사이에도 이야기 소리와 발소리가 점점 다가오고 있었다. 요시노는 당황했는지 눈앞이 빙글빙글 돌기 시작했다.

『어쩔 수 없네…… 코토리가 준 그걸 사용하자!』

"그거……? 그게 뭐야?"

『첫 번째 비밀병기 말이야! 서둘러!』

"아— 으, 응……."

그러고 보니 그게 있었다. 고개를 끄덕인 요시노는 바닥에 가방을 놓은 후, 허리가방 안을 뒤졌다. 그리고 작게 접힌 천 뭉치를 꺼냈다.

『요시농』과 협력해서 그것을 펼친 요시노는 벽에 찰싹 붙어섰다. 그리고 오른손과 『요시농』의 입으로 천 윗부분을 잡은 후, 닌자가 은신술을 쓰듯 자신의 몸을 가렸다.

"……, ……."

요시노는 가능한 한 숨을 죽인 채, 그 자세 그대로 가만히 서있었다.

잠시 후, 좌우에서 이야기 소리와 함께 발소리가 들려오더니— 요시노의 앞에서 딱 멈췄다.

"……으!"

설마 눈치챈 것일까……? 심장 박동이 비정상적일 정도로 빨라졌고, 손끝 또한 부들부들 떨리기 시작했다.

"······이게 뭘까요?"

"글쎄요······."

"주의를 주는 편이 좋을까요?"

"아니, 뭐······ 개인의 취미인 것 같으니 괜찮지 않을까요?"

하지만 그런 대화가 들린 후, 발소리는 천천히 멀어져가기 시작했다.

『됐어. 이제 간 것 같아~.』

"하아······."

그 말을 듣고 안도의 한숨을 내쉰 요시노는 자신의 몸을 가리고 있던 천을 내려놓았다.

『이야~, 역시 코토리의 비밀병기야. 눈치 챈 기색조차 없었다니깐~.』

"그, 그래······?"

왠지 완벽하게 들킨 듯한 느낌이 드는 건······ 기분 탓일까?

뭐, 아무튼 잡히지는 않았으니 결과적으로는 잘 됐다고 생각해도 될 것이다. 요시노는 천을 접어서 허리가방에 넣은 후, 복도에 내려놓아던 가방을 들었다. 그리고 다시 목적지를 향해 걷기 시작했다.

요시노는 주위를 살피면서 계단을 올라갔다.

하지만 계단을 오르던 도중에—.

"—어머?"

"히익······?!"

마침 계단을 내려오던 여성과 딱 마주치고 말았다.

상대는 안경을 쓴 조그마한 체구의 여성이었다. 매우 온화해 보이는 얼굴을 지닌 사람이지만…… 낯가림이 극도로 심한 데다 미션을 수행중인 요시노는 느닷없이 나타난 그 사람이 도깨비나 악마처럼 보였다.

"그 교복…… 우리 학교 학생인가요? 하지만 그런 것 치고는 몸집이…… 중학생, 아니면 초등학생 같네요. 이런 곳에서 뭘 하고 있는 거죠?"

안경을 쓴 그 여성은 그렇게 말하면서 요시노에게 다가왔다.

『공격하려는 게 분명해! 도망치자, 요시노~!』

"……아! ……응!"

요시노는『요시농』의 외침을 듣자마자 그대로 도망치려 했다.

하지만 허둥지둥 방향전환을 하다 발이 얽힌 그녀는 그대로 그 자리에서 넘어졌다.

"꺄아……!"

"앗! 괘, 괜찮나요?!"

안경을 쓴 여성은 걱정스러운 표정을 지으며 요시노에게 다가와 손을 내밀었다.

아마 그것은 선의에서 우러난 행동이리라. 하지만 당황한 요시노는 그 여성이 자신을 공격하려 한다고 생각했다.

"아, 아아……."

요시노는 주저앉은 채 뒤로 물러섰다. 바로 그때, 왼손의

『요시농』이 앞으로 나서더니, 안경 쓴 여성이 요시노를 향해 내민 손을 꼭 물었다.

"꺄앗?! 이, 이게 뭐죠?!"

『요시노! 지금이야!』

"……아!"

『요시농』의 생각을 눈치챈 요시노는 몸을 일으키더니, 가방을 들자마자 그대로 줄행랑 쳤다.

"아…… 잠깐만 기다려요!"

뒤편에서 그 여성의 목소리가 들려왔지만, 요시노는 걸음을 멈추지 않았다.

하지만 그 여성도 포기할 생각은 없는지, 엉거주춤한 뜀박질로 요시노를 쫓아왔다.

"기, 기다리세요~! 왜 도망치는 거죠~?!"

『큰일 났네! 쫓아와! 어딘가에 숨자!』

"하, 하지만 대체 어디에……."

"『앗! 요시노, 저 방이 좋겠어!』

"으, 응……!"

요시노는『요시농』의 말대로 가까운 방에 숨었다.

다행이도 그 방 안에는 아무도 없었다. 하지만 벽 쪽에 줄지어 놓인 그림과 석고상이 기분 나쁜 분위기를 자아내고 있었다.

그렇지만 지금은 그런 걸 따질 때가 아니다. 곧 추적자가 이 방에 올 것이다.

　요시노가 당황하고 있을 때, 『요시농』이 소리 나게 손뼉을 쳤다.

　『요시노! 코토리가 준 두 번째 비밀병기를 쓰는 거야!』

　"두, 두 번째라면……."

　『그래! 필살 밀가루 폭탄이야!』

　"으, 응……!"

　요시노는 또 허리가방을 뒤졌다. 비밀병기, 필살 밀가루 폭탄. 던지면 밀가루 연막을 형성해 상대의 시야를 차단하는 도주용 아이템이다.

　방에 숨어서 추적자를 기다린 후, 방 중앙에 왔을 즈음 폭탄을 던진다. 그리고 시야를 차단당한 상대가 당황한 사이에 도망치는 것이다. —나쁘지 않은 작전이다.

　하지만…….

　"아……."

　당황한 요시노는 허리가방에서 꺼낸 새하얀 구체를 자신의 발치에 떨어뜨리고 말았다.

　그 순간, 펑 하는 소리와 함께 흰색 분말이 날리면서 잠시 동안 아무 것도 보이지 않았다.

　그 연막이 사라진 후, 요시노는 머리끝부터 발끝까지 전부 새하얀 색으로 물들고 말았다.

　"콜록…… 콜록."

『요, 요시노, 괜찮아~?』

요시노와 마찬가지로 새하얗게 된 『요시농』이 걱정스러운 표정으로 쳐다보았다.

"괘, 괜찮아……. 하지만 밀가루 폭탄이……."

요시노는 자신의 발치에 흩뿌려진 새하얀 가루를 내려다보면서 절망적인 기분을 맛봤다. 소중한 아이템을 낭비하고 말았기 때문이다.

하지만 시간이 없었다. 방 밖에서 들려오는 발소리가 점점 가까워지고 있었다.

"어, 어쩌면 좋지―."

『아! 요시노! 저거야!』

당황한 요시노가 허둥대고 있을 때, 『요시농』이 방 안쪽을 손가락으로 가리켰다. 그곳에는 리얼한 조형의 석고 조각상 몇 개가 놓여 있었다.

"아…… 저건……."

『일단 내가 시키는 대로 해! 빨리 저 위에 올라가는 거야!』

"뭐? 으, 응……."

요시노는 불안한지 눈썹을 찌푸리면서도 『요시농』의 지시에 따라 석고상이 줄지어 놓인 선반에 올라갔다.

『그리고 포즈를 취해! 아무 포즈라도 상관없어!』

"이, 이렇게……?"

『응! 이제 스톱!』

『요시농』이 고함을 지르자, 요시노는 그 말에 따라 움직임을 멈췄고— 그제야 『요시농』의 생각을 이해했다.

즉, 밀가루로 인해 몸이 새하얗게 된 점을 살려 석고상으로 위장해 추적자를 따돌리려는 것이다.

"아, 아하……."

실수를 도리어 이용한다. 침착하고 정확하기 그지없는 판단력이었다. 요시노는 무심코 탄성을 터뜨릴 뻔 했다.

하지만…….

드르륵 하는 소리를 내면서 이 방의 문이 열리더니, 안경을 쓴 여성이 숨을 헐떡이면서 안으로 들어왔다. 그리고 요시노의 앞으로 걸어오더니…….

"……으, 으음, 뭐하고 있는 건가요?"

……라고 말했다. 그런 그녀의 볼을 타고 식은땀이 흘러내렸다.

아무래도 순식간에 들통 나고 만 것 같았다.

"히익……."

뜻밖의 사태가 발생한 탓에 놀란 요시노는 균형을 잃으면서 선반에서 굴러 떨어지고 말았다. 그러자 요시노의 몸에 묻은 밀가루가 자욱하게 흩날렸다.

"괘, 괜찮나요?"

"……아!"

그 여성이 다가오자, 요시노는 낮은 신음을 흘리며 몸을 움츠렸다.

『이, 이렇게 간단히 간파하다니……! 조심해! 이 사람, 범상치 않아!』

『요시농』이 경악을 금치 못하면서 그렇게 말했다. 하지만 이제 와서 조심하라고 해도 별 뾰족한 수가 없었다.

안경을 쓴 여성은 차분한 걸음걸이로 요시노에게 다가왔다.

"아…… 아……."

공포에 질린 탓에 엉덩방아를 찧은 요시노는 도망치려는 것처럼 뒤로 물러섰지만 얼마 못 가 벽에 등이 닿고 말았다. 더는 도망칠 곳이 없었다!

절망이 요시노의 머릿속을 가로지른 순간, 왼손의 『요시농』이 고함을 질렀다.

『이렇게 되면…… 요시노! 마지막 비밀병기를 쓰자! 가방을 열어!』

"뭐……?"

요시노는 영문을 모른 채 『요시농』이 시키는 대로 허리가방을 열었다.

그러자 『요시농』이 그 안에 몸을 집어넣었다. 그리고 안에서 꿈틀거린 후 나온 『요시농』은 그 여성을 향해 몸을 날리더니 그대로 상대의 입에 딱 달라붙었다. 그리고 『요시농』에게 이끌린 요시노는 몸을 벌떡 일으켰다.

"어— 까아!"

『요시눙』에게 입이 막힌 그 여성은 새된 비명을 질렀다.

그 여성은 잠시 동안 버둥거렸지만, 곧 몸에서 힘이 빠졌는지 그 자리에서 쓰러졌다.

"이, 이건……."

요시노가 얼굴을 만지는데도, 완전히 의식을 잃은 그 여성은 전혀 반응을 보이지 않았다. 갑자기 무서워진 요시노는 『요시눙』을 쳐다보았다.

"요, 요시눙…… 방금 그건 뭐야?"

『코토리가 준 최종병기야! 이름하여 클로로…… 어흠 어흠, 매혹의 슈퍼 페로몬~!』

『요시눙』은 일부러 헛기침을 했다.

"……으, 으음……."

요시노는 당혹스러운 표정을 지으면서 『요시눙』을 향해 얼굴을 내밀었다. 하지만 『요시눙』의 복부 쪽에서 자극적인 향기가 나자 움직임을 멈췄다. ……아무래도, 아니 틀림없이, 어떤 약품이 『요시눙』의 몸에 밴 것 같았다.

『자! 이틈에 빨리 가자!』

"으, 응……."

안경을 쓴 여성이 조금 걱정되기는 했지만 시간이 없었다. 몸에 묻은 밀가루를 털어낸 요시노는 가방을 들고 방을 나섰다.

『휴우~ 근데 방금 그 사람, 꽤 끈질겼어.』

"으, 응⋯⋯."

긴장과 공포와 갑작스러운 움직임 탓에 요시노의 심장은 격렬하게 뛰고 있었다. 그녀는 마음을 조금이라도 진정시키기 위해 크게 심호흡을 했다.

『그렇게 집요하게 쫓아온 걸 보아하니⋯⋯. 만약 잡혔다면 엄청 무시무시한 짓을 당했을지도 몰라⋯⋯.』

"서, 설마⋯⋯."

요시노는 눈썹을 팔자 모양으로 일그러뜨렸다. 그러고 보니 누군가에게 발견당해 잡히면 어떻게 되는지 코토리에게 듣지 못했다.

요시노가 불안에 잠겨 있을 때, 『요시농』이 깔깔 웃으면서 말했다.

『아하하, 미안~. 너무 겁줬나 보네~. 걱정하지 마. 코토리가 그렇게 위험한 일을 요시노에게 시켰을 리가 없잖아~.』

"그, 그렇지⋯⋯?"

『그래~. 뭐, 좀 혼나기는 하겠지만 고문을 당하거나 산 채로 배를 가르는 것 같은 무시무시한 짓은 안 할 거야~.』

왠지 묘하게 구체적인 예라 좀 걸리기는 했지만, 그런 말을 들으니 마음이 조금 편해졌다. 그러자 긴장 탓에 무거워졌던 발걸음도 자연스럽게 가벼워졌다.

복도를 걷던 요시노는 앞쪽에 있는 커다란 방을 발견했다. 문 위에는『생물실』이라고 적힌 플레이트가 붙어 있었다.

아무래도 저 방에는 사람이 있는 것 같았다. 벽과 문 너머로 사람들의 목소리가 들렸다.

『들키지 않도록 조심해야겠네~.』

"으, 응."

요시노는『요시농』의 말에 따라 아까보다 발소리를 더 신경 쓰면서 걸음을 옮겼다.

하지만 문 앞을 지나려고 한 순간, 방 안에서『꺄아!』하는 비명 소리가 들리자 요시노는 무심코 숨을 삼켰다.

"……윽!"

『들킨 건 아니니까 걱정하지 마~.』

『요시농』은 작은 목소리로 말했다. 그러자 요시노는 휴우 하고 안도의 한숨을 내쉬었다.

"다행이야……. 그런데 무슨 일이지……?"

서둘러야 한다는 것은 알고 있지만, 요시노는 아까 그 비명 소리가 신경 쓰였다. 결국 그녀는 희미하게 열린 문틈으로 방 안을 들여다보았다.

그곳은 검은 책상이 몇 개나 놓인 넓은 공간이었다. 곳곳에는 용도를 알 수 없는 실험도구가 놓여 있었고, 안쪽에는 동물과 곤충의 표본이 든 병이 있었다.

"여기는…… 뭐하는 곳이지……?"

방 안에는 수십 명이나 되는 인간이 있었고, 다들 흰색 가운을 걸친 나이 많은 인간의 말에 귀를 기울이고 있었다.

흰색 가운을 걸친 인간의 손 언저리에 있는 것을 본 요시노는 무심코 숨을 삼켰다.

"……윽?!"

그것도 그럴 것이, 그것은 예리한 칼로 배를 갈라 내장을 노출시킨 개구리였다.

흰색 가운을 걸친 인간이 말을 하면서 손에 든 은색 칼날로 개구리를 찔렀다. 그러자 개구리의 다리가 반응을 보이듯 꿈틀거렸다.

『우와…… 잔인하네~.』

"……윽!"

요시노는 더는 못 보겠다는 듯이 고개를 돌렸다.

"저 사람들…… 대체 뭘 하고 있는 걸까……?"

『으음……. 글쎄. 요리……하는 것처럼은 보이지 않네.』

바로 그때, 요시노의 눈이 커졌다.

"서, 설마 저 개구리…… 나처럼 여기에 침입하다 잡힌 걸까……?"

『에이…… 설마 그럴려구…….』

"그, 그렇지……?"

『—아.』

요시노가 안도의 한숨을 내쉰 순간, 방 안을 쳐다보던 『요시농』이 갑자기 입을 열었다.

"요시농, 왜 그래……?"

『윽! 보, 보면 안 돼! 요시노!』

『요시농』이 말렸지만, 한 발 늦고 말았다. 요시노는 또 방 안쪽을 쳐다보았다.

그러자, 방금까지 사람들에 가려 보이지 않았던 무언가가 눈에 들어왔다.

"히익……?!"

그것을 본 순간, 요시노는 너무 놀란 나머지 그 자리에서 엉덩방아를 찧고 말았다.

하지만 그러는 것도 무리는 아니었다.

그것도 그럴 것이, 그곳에 있는 것은 가죽을 절반 정도만 벗겨내 내장과 근육을 드러낸 인간, 그리고 완전히 백골이 되어버린 시체였던 것이다. 둘 다 두 발로 선 채 고정되어 있었다. 마치 본보기로 삼은 것처럼 말이다.

"저, 저건…… 역시 잡힌 사람을……."

요시노는 쥐어짜내는 듯한 목소리로 말했다. 춥지도 않은데 손발이 덜덜 떨렸고, 치아가 마구 부딪혔다.

역시 요시노의 우려가 사실인 게 분명했다. 허가 없이 이곳에 침입한 자는 저렇게 산 채로 가죽이 벗겨서 표본으로 만드는 것이다……!

"요, 요요, 요시농, 어쩌지……?!"

『진정해, 요시노. 그건 말도 안 된다구.』

"그, 그럼 저건 뭐야……?"

『으, 으음……』

『요시농』이 말끝을 흘리면서 당혹스럽다는 듯이 고개를 갸웃거렸다.

아무튼 한시라도 빨리 이곳을 벗어나야만 한다. 요시노는 사시나무처럼 떨리는 다리를 겨우 진정시킨 후 몸을 일으켰다. 그리고 비틀거리면서 걸음을 옮겼다.

『아, 아무튼, 빨리 임무를 완수한 후, 코토리에게 〈프락시너스〉로 전송시켜달라고 하자!』

"으, 응……."

요시노는 기운을 북돋듯 크게 고개를 끄덕였다.

하지만 그 순간, 딩동댕동…… 하는 커다란 소리가 건물 전체에 울려 퍼졌다.

"어……, 어……?"

무슨 일이 벌어진 것인지 이해하지 못한 요시노가 좌우를 둘러보고 있을 때, 근처에 있는 방에서 의자가 덜커덩거리는 소리가 들려왔다.

그리고 복도 쪽에 나란히 설치된 문이 드르륵 하는 소리를 내며 열리더니, 안에서 요시노와 마찬가지로 블레이저 상의와 플리츠스커트를 입은 인간들이 차례차례 나왔다.

"——윽!"

요시노는 몸을 움츠렸다.

—그리고 곧, 어떤 가능성에 생각이 미쳤다.

방금 그 소리는 침입자를 발견했을 때의 긴급 알람일지도 모른다. 종류는 다르지만 〈프락시너스〉에도 긴급한 상황이 벌어지면 이런 알람이 울렸던 것 같은 느낌이 들었다. 아마 요시노가 자기도 모르는 사이에 센서에 걸린 것이리라.

그렇다면 지금 교실에서 나온 인간들은 침입자— 요시노를 잡기 위해 출동한 에이전트가 틀림없다.

거기까지 생각이 미친 순간, 요시노는 숨을 삼키면서 내달리기 시작했다.

하지만 이렇게 많은 사람들의 눈에서 완전히 벗어나는 것은 불가능했다. 요시노를 발견한 인간들이 그녀를 향해 고개를 돌렸다.

"응? 저 애는 누구지……?"

"왜 고등학교에 어린애가…… 혹시 선생님 딸인가?"

"아, 왼손에 인형을 끼고 있네. 귀여워~."

그들이 하는 말을 제대로 알아듣지는 못했지만 아마 "저 녀석이다!"라든가 "잡아라!"라든가 "가죽을 벗겨라!" 같은 무시무시한 소리를 하고 있는 게 틀림없다. 요시노는 심장과 폐가 비명을 지르고 있는데도 복도를 필사적으로 내달렸다.

하지만—.

"아! 우와! 마이, 미이, 저기 좀 봐!"

"꺄아, 저 귀여운 생물은 뭐야?!"

"즉시 포획하라! 포메이션 델타!"

바로 그때, 앞쪽에 나타난 세 소녀가 요시노를 향해 몸을 날렸다.

"히익……!"

요시노는 허둥지둥 그 자리에서 멈춰 섰다. 그러자 세 소녀는 요시노의 바로 앞에서 철푸덕 엎드렸다. 만약 요시노가 멈춰 서지 않았다면 바로 잡히고 말았을 것이다. 정말 간발의 차였다.

"아직 멀었어!"

"귀여운 존재를 본 이상!"

"우리는 아픔 따위 느끼지 않아!"

안면부터 복도에 다이빙을 했는데도, 세 사람의 열의는 전혀 줄어들지 않았다. 아니, 오히려 더욱 불타오르고 있었다.

재빨리 몸을 일으킨 세 소녀는 좌우로 흩어지더니 요시노를 포위했다.

"어…… 아, 아—."

『너, 너희는 누구야~?!』

요시노와 『요시농』이 당황한 사이, 세 사람은 서로의 손을 잡더니 동요라도 부르듯 요시노의 주위를 빙글빙글 돌기 시작했다.

"꺄아아아아아아아앗! 말했어어어어어어엇!"

"와아~, 복화술 잘하네~."

"다른 것도 해봐~."

그리고 세 사람은 요시노를 향해 손을 뻗더니 그녀의 머리카락을 손으로 빗어줬고, 『요시농』을 쓰다듬었으며, 볼을 손가락으로 눌러보았다.

"우와~! 머리카락이 찰랑찰랑거려!"

"인형도 폭신폭신해!"

"볼도 엄청 말랑말랑해!"

세 사람은 황홀한 표정을 지으면서 요시노와 『요시농』을 마구 매만졌다. 『요시농』은 아까 안경 쓴 여성에게 했던 것처럼 클로로 뭐시기 공격을 하려고 했지만, 상대에게 완전히 잡힌 탓에 꼼짝도 할 수가 없는 것 같았다.

『꺄아~! 어디를 만지는 거야~! 변태~!』

"아, 아, 아……."

정체모를 공포에 휩싸인 채 부들부들 떨던 요시노는 세 소녀의 손을 뿌리치면서 그녀들의 포위망에서 빠져나왔다.

"앗! 도망쳤어!"

"좀 더 만져볼래~!"

"말랑말라아아아아아아아아아앙!"

뒤편에서 세 소녀의 목소리가 들리자, 요시노는 필사적으로 발을 놀렸다.

하지만—.

『요시노, 앞!』

"……윽!"

세 사람이 어디까지 쫓아왔는지 보려고 뒤를 돌아본 순간, 요시노는 앞쪽에서 걷고 있던 소녀와 부딪히고 말았다.

다행히 넘어지지는 않았지만, 그 인물의 얼굴을 본 요시노는 숨을 삼키며 절망으로 가득 찬 눈을 치켜떴다.

"一〈허밋〉? 네가 왜 여기 있는 거지?"

차분한 목소리로 그렇게 말한 그 소녀는 차가운 시선으로 요시노를 쳐다보았다.

어깨까지 기른 머리카락과 인형처럼 단정한 얼굴. 하지만 그런 얼굴에 맺힌 표정은 무기질적인 기계를 연상시킬 정도로 차가웠다.

요시노는 그녀의 얼굴이 눈에 익었다. 그녀는 요시노 같은 정령을 죽이는 것이 목적인 특수부대 AST의 일원이다. 이름은— 토비이치 오리가미다.

"아, 아……."

요시노는 시도에게 영력이 봉인되기 전의 기억을 떠올렸다.

자신을 향해 인정사정없이 쏟아지던 수많은 탄약. 적의와 살의를 뿜어대며 요시노를 공격하던, 기계 갑옷을 걸친 인간들.

"우, 아, 아아아아아아아아아…………."

그 기억을 떠올린 순간, 요시노의 공포는 정점에 도달했다.

—시야가 흐릿해졌다. 의식이 몽롱해졌다. 말이 꼬였다. 『요시농』이 무슨 말을 했지만, 그 말의 의미를 이해하지 못

했다.

그리고 요시노는 자신의 몸으로 따뜻한 무언가가 흘러들어오는 듯한 느낌을 받았다.

다음 순간— 마치 학교가 통째로 냉장고 안에 집어넣어진 것처럼, 주위의 기온이 뚝 떨어졌다.

"……윽! 이건……."

오리가미는 당황한 목소리로 말했다.

하지만 그것도 무리는 아니었다. 그것도 그럴 것이 오른편에 있는 세면장의 수도꼭지, 그리고 천장에 설치된 스프링클러에서 일제히 물이 뿜어져 나온 것이다.

그리고— 바로 그때였다.

"어…… 요시노?!"

등 뒤에서 귀에 익은 목소리가 들렸다.

"……아!"

고개를 돌려보니, 요시노가 찾던 『타깃』이 눈에 들어왔다.

요시노는 무심코 안도했다.

바로 그때였다.

건물 안의 수도관이 터지기라도 했는지 천장 일부가 무너지더니— 요시노를 향해 떨어졌다.

"—윽!"

"요시노오오오오오!!"

반사적으로 몸이 굳어버린 요시노는 눈을 꼭 감았다.

하지만 다음 순간, 요시노를 덮친 것은 천장 콘크리트에 강타당하면서 발생한 충격이 아니라 누군가에게 안긴 감촉이었다.

그대로 쓰러지듯 몸이 기울어지더니— 쿵 하는 둔탁한 소리가 주위를 감쌌다.

요시노는 눈을 떴다. 그러자 『타깃』의 얼굴이 코앞에 있었다.

아무래도 위험에 처한 요시노를 꼭 끌어안으며 몸을 날려 그녀를 구해준 것 같았다.

"시, 시도…… 씨……."

요시노가 이름을 입에 담자 『타깃』— 이츠카 시도가 "응." 하고 말했다.

"아야야……. 요시노, 괜찮아?"

"아, 예…… 구해줘서 고마워요. 하지만, 저기……."

요시노는 부끄러워하듯 말끝을 흐렸다.

하지만 그러는 것도 무리는 아니었다. 시도는 요시노를 구하려다 그녀의 치마를 걷어 올렸을 뿐만 아니라, 그 안에 손을 집어넣고 만 것이다.

"윽! 미, 미안해!"

"아, 아뇨…… 괜찮아요."

요시노는 볼을 붉히면서 치마를 내렸다. 시도는 멋쩍어 하면서 볼을 긁적였다.

"그런데 요시노. 네가 왜 이런 곳에 있는 거야?"

시도가 당혹스러워하고 있을 때, 뒤편에서 또 한 명의 『타깃』— 토카의 목소리가 들려왔다.

"앗…… 토비이치 오리가미! 네 이 녀석, 요시노에게 무슨 짓을 한 것이냐!"

"아무 짓도 안 했어. 〈허밋〉이 걷고 있던 나를 향해 뛰어와서 부딪쳤을 뿐이야."

오리가미는 담담한 목소리로 말했다. 토카는 믿을 수 없다는 듯이 미심쩍은 눈길로 오리가미를 노려보고 있었다.

시도가 그런 두 사람을 달래면서 요시노를 향해 고개를 돌렸다.

"그런데 요시노. 대체 무슨 일이야?"

"저, 저기……."

시도가 물어보자, 요시노는 코를 훌쩍이면서 말을 이었다.

"이, 이걸 전하러……, 아!"

요시노는 말을 잇다 어깨를 부르르 떨었다.

"아…… 가방이 젖었……."

요시노는 말을 이으면서 가방을 쥐고 있는 자신의 오른손을 쳐다보았다. 방금 그 소동 때문에 『타깃』에게 전해야 하는 가방이 물에 젖고 말았을지도 모르는 것이다.

그러자…….

『휴우우~ 아슬아슬했네~.』

자신의 몸으로 그 가방을 감싸고 있는 『요시농』의 모습이 요시노의 눈에 들어왔다.

"요시농……!"

『이야~, 가방은 조금 젖었을 것 같지만, 내용물은 무사할 거야~.』

"고, 고마워……."

요시노는 물에 흠뻑 젖은 『요시농』과 볼을 비빈 후(그때 약간 자극적인 향기가 났다), 시도에게 가방을 내밀었다.

"저기…… 시도 씨, 이거……."

"어? 이건……."

시도는 그렇게 말하면서 엄중하게 봉해져 있는 가방을 열어보더니— 눈을 동그랗게 떴다.

"이건…… 나와 토카의 도시락이잖아?"

그렇다. 그 안에 들어있었던 것은 시도와 토카, 두 사람의 도시락이었다.

"어? 나, 오늘 도시락을 두고 왔었나……?"

그제야 도시락을 두고 왔다는 사실을 눈치챈 시도는 머리를 긁적이면서 요시노를 쳐다보았다.

"일부러 가져다주러 온 거구나? 고마워."

시도는 그렇게 말했다.

―이제, 한계였다.

시도가 상냥하게 대해주는 게 너무 기쁘면서도 자기 자신이 한심하게 느껴진 요시노는 고개를 숙인 채 작게 오열을 하면서 눈물을 흘렸다.

"으…… 흐, 흑…….."

"요, 요시노?! 왜 우는 거야?!"

"……아무 짝에도……쓸모없는 애라……죄송, 해요…….
시도 씨에게 도움이 되고 싶어서…… 이렇게 학교까지 왔는
데…… 결국 폐만, 끼쳤어요…….."

요시노는 그렇게 말한 후, 훌쩍거렸다.

"요시노…….."

시도는 가늘게 숨을 내쉰 후, 씨익 웃었다.

"그렇지 않아. ―덕분에 살았어. 고마워, 요시노."

"예?"

"네가 와주지 않았으면 점심을 굶어야 했을 거야. 그렇게
됐다면 토카가 어떻게 됐을지도 모른다고. 안 그래?"

시도가 그렇게 말하면서 토카를 쳐다보았다. 그러자 시도
가 느닷없이 말을 건 탓에 놀란 듯한 토카는 당황한 채 고
개를 끄덕였다.

"으…… 음. 그렇지. 요시노가 없었다면 큰일 났을지도 모
른다!"

"들었지?"

"아, 저기…….."

"그러니까 자기 자신을 아무 짝에도 쓸모없는 애라고 생
각하지 마. ―정말, 고마워."

시도는 그렇게 말하면서 요시노의 머리를 쓰다듬었다.

그러자 눈을 동그랗게 뜬 요시노는— 코를 훌쩍인 후, 환한 미소를 지으며 고개를 끄덕였다.

"예……."

요시노 덕분에 시도와 토카는 점심을 먹을 수 있었지만—.

이 일로 인해 시도가 로리콤 의혹을 받게 되는 것은 또 다른 이야기—.

오리가미 노멀라이즈

NormalizeORIGAMI

DATE A LIVE ENCORE 4

"어이, 이츠카~. 어떤 여자애가 네 타입이야?"

".............?!"

어느 날. 라이젠 고교 2학년 4반 교실에서 다음 수업 준비를 하던 오리가미는 느닷없이 자신의 고막을 뒤흔든 말 때문에 눈썹을 움찔했다.

고개를 돌리지 않은 채 눈동자만 움직여 오른쪽을 쳐다보니, 그곳에는 두 남학생이 있었다.

의자에 앉은 채 귀찮은 듯한 표정을 짓고 있는 소년— 오리가미의 연인인 이츠카 시도와 그의 친구인 토노마치 히로토였다.

"뭐? 갑자기 무슨 소리를 하는 거야?"

시도는 미간을 찌푸리면서 짜증 섞인 목소리로 말했다. 그러자 책상에 손을 얹고 있던 토노마치는 들고 있던 수첩을 펼치더니 다른 한 손으로 펜을 빙글빙글 돌리면서 말했다.

"아, 이번 달은 지출이 많아서 지갑이 심각한 다이어트 중이거든. 그래서 푼돈 벌이 삼아 네 프로필을 만들어서 팔 생각이야."

"판다니…… 대체 누구에게 팔 건데? 그런 걸 누가 원하겠냐고……."

"아니, 의외로 잠재적 수요는 있을 거라고 봐. 라이젠을 대표하는 두 미소녀에게 사랑받고 있는 주지육림왕에게 가르침을 받고 싶어 하는 남자는 적지 않을 테니까 말이야. 시도 선생님의 연애 지도 같은 식의 제목을 붙여서 팔면 꽤……."

"노, 농담하지 마! 그딴 거에 협력할 것 같아?!"

시도가 지긋지긋하다는 표정을 지으면서 몸을 뒤쪽으로 젖혔다.

하지만 토노마치는 포기할 생각이 없는지, 연체동물처럼 움직이며 시도에게 몸을 기댔다.

"뭐어어어어어~. 닳는 것도 아니니까 괜찮잖아~. 절친 한 명 살리는 셈 치라고~."

"남의 정보를 팔아치우는 녀석이 무슨 절친이야!"

매달리는 토노마치의 얼굴을 밀어내듯, 시도는 양손을 내밀었다.

시도는 진심으로 질색하고 있었다. 평소의 오리가미라면

토노마치를 말리거나 도움의 손길을 내밀었을지도 모른다.

하지만 오리가미는 아무 짓도 하지 않았다.

이유는 단순했다. ─오리가미 또한 시도의 이상형에 관심이 있었기 때문이다.

키, 체중 등의 신체적 데이터와 가족 구성과 내력 같은 외적 데이터는 개인적으로 조사했다. 하지만 시도의 심정적 요소는 방대한 양을 자랑하는 오리가미 데이터베이스 내부에서도 희소가치가 높은 정보였다. 동성 친구에게만 말해줄 수 있는 비밀 같은 것도 있을지도 모른다. 만약 토노마치가 편찬한 시도 프로필에 자신이 모르는 정보가 기재되어 있다면, 억만금일지라도 사겠다고 오리가미는 생각했다.

"어이~. 부~탁~해~."

"싫다고!"

"크으…… 그럼 멋대로 써서 팔아버리겠어!"

"그래그래. 멋대로 해."

"으음…… 이츠카 시도는 사실 여자에게 흥미가 없으며, 실은 남자를……."

"잠깐! 대체 뭘 적고 있는 거야?!"

"뭐야. 네가 방금 멋대로 하라고 했잖아!"

"멋대로에도 정도라는 게 있거든?!"

"아아~, 이츠카가 질문에 대답해준다면 날조는 안 해도 될 텐데~."

"크윽……"

분해 죽겠다는 듯이 신음을 흘리던 시도는 이윽고 체념한 것처럼 한숨을 내쉬더니 머리를 헝클어뜨렸다.

"좋아하는 여자 타입이라……. 뭐, 평범해. 평범한 게 최고야."

"우와, 가장 재미없는 대답입니다요~."

"시끄러워. 딱히 재미있을 필요는 없잖아."

시도는 도끼눈을 뜨면서 말했다. 토노마치는 작게 어깨를 으쓱한 후, 수첩에 펜으로 글자를 적었다.

"……평범한 게, 최고."

옆자리에서 그 대답을 들은 오리가미는 아무에게도 들리지 않을 만큼 작은 목소리로 되뇌듯 중얼거린 후, 주먹을 말아 쥐었다.

그리고 그녀는 시도 건너편에 있는 자리를 힐끔 쳐다보았다.

그곳에는 한 여학생이 앉아 있었다. 칠흑빛 장발과 수정 같은 눈동자. 그 얼굴이 망막에 비치는 것만으로도 오리가미의 행복이 하나 줄어드는 듯한 불쾌감 덩어리, 야토가미 토카였다.

지금은 평범한 사람인 척하며 학교를 다니고 있지만, 사실 그녀는 인류와 세계에 엄청난 피해를 끼치고 있는 괴물, 『정령』이다.

게다가 어떻게 된 건지 이 여자는 오리가미의 연인인 시도

곁을 항상 맴돌면서 두 사람의 달콤한 시간을 방해했다. 오리가미에게 있어 그녀는 한여름 밤에 귓가를 날아다니는 모기보다도 더 짜증나는 존재였다.

—하지만. 시도는 방금 딱 잘라 말했다. 여자애는 평범한 게 최고라고 말이다.

그렇다. 역시 시도는 정령이 아니라 오리가미 같은 평범한 여자애를 좋아하는 것이다. 오리가미는 표정을 바꾸지 않은 채, 흐흥 하고 코웃음을 쳤다.

바로 그때, 오리가미의 시선을 눈치챈 토카가 그녀를 향해 고개를 돌렸다.

"……음? 뭐냐. 나한테 볼일이라도 있는 것이냐?"

"없어."

오리가미는 딱 잘라 그렇게 말한 후, 앞쪽을 쳐다보았다. 그렇다. 이것은 승자의 여유다. 패자를 신경 쓸 이유가—.

"…………아."

바로 그 순간, 오리가미의 눈썹이 꿈틀거렸다.

—평범한 게, 최고.

오리가미는 시도가 한 말을 머릿속으로 한 번 더 중얼거렸다.

오리가미는 정령 제거를 목적으로 삼고 있는 부대인 AST의 일원이자, 외과수술을 통해 머리에 전자부품을 심은 마술사다. 그런 오리가미를 평범하다고 하는 것은 조금 무리가 아닐까……? 그런 우려가 머릿속을 스치고 지나간 것이다.

시도는 오리가미의 연인이다. 시도가 "평범한 게 최고."라고 말했다면 그『평범』안에는 오리가미도 분명 포함되어 있을 것이다. 하지만…… 오리가미 또한 여자다. 사소한 점이 신경 쓰이는 나이인 것이다.

하지만 이제 와서 머리에 박힌 장치를 어떻게 할 수는 없고, 부모님의 원수를 갚기 위해 들어간 AST를 관둘 수도 없다.

"……하다못해, 다른 걸로 균형을 맞출 수밖에 없어."

오리가미는 결의를 다지면서 어금니를 깨물었다.

이 순간, 오리가미의 평범한 여자애 되기 계획의 막이 올랐다.

○스텝1 성적을 낮추자.

평범한 여자애란 무엇인가……. 그 점에 대해 생각하던 오리가미의 머릿속에 가장 먼저 떠오른 것은 바로 학업 성적이다.

그것은 고교생에게 항상 따라다니는 순위이자 서열이다. 숫자를 통해 대외적으로『평범』을 표현한다면, 이것보다 적

합한 것은 없으리라.

지금 생각해보니, 오리가미는 이 고등학교에 입학한 후로 시험을 볼 때마다 만점을 받았다. 순위 또한 항상 전교 1등이었다. 확실히 평범하다고 하기에는 매우 높은 성적이었다.

게다가 남자는 지나치게 머리가 좋은 여성을 멀리한다는 말이 있다. 물론 시도가 성적 때문에 오리가미를 싫어하게 될 리는 없지만, 불안요소는 줄여두는 편이 좋으리라.

다행스럽게도, 오리가미는 성적에 연연하지 않았다. 시험 점수 또한 잘 받을 수 있어서 잘 받아둔 것뿐이었다..

그런 생각을 하면서 고개를 끄덕인 오리가미는 일단 학업 성적을 평범하게 만들기로 결심했다.

"……하아. 두고 보자, 토노마치……."

4교시 수업 중. 시도는 짜증이 났는지 눈썹을 찌푸리면서 턱을 괬다.

결국 그 후 수업이 시작될 때까지 토노마치의 질문 공세는 계속되었다. 대충 대답하며 어물어물 넘어간 시도는…… 토노마치의 사기에 걸려드는 학생이 없기를 마음속으로 빌었다.

하지만 그 일을 계속 신경 쓰고 있을 수는 없었다. 지금은 4교시, 세계사 수업 중인 것이다. 시도는 마음을 다잡듯 숨을 내신 후, 발돋움을 하면서 칠판에 글자를 적고 있는 오카미네 타마에 선생님, 통칭 타마 선생님을 쳐다보았다.

"자, 여기는 중요하니까 잘 외워두세요~."

그렇게 말하면서 돌아선 타마 선생님은 교탁에 놓인 교과서를 들었다.

"으음…… 그럼, 다음 문제의 답을 아는 사람은 없나요~?"

그리고 교실 안을 둘러보듯 고개를 돌리면서 그렇게 말했다.

하지만 아무도 손을 들지 않았다. 타마 선생님은 눈썹을 팔자 모양으로 만들면서 쓴웃음을 지었다.

"으음…… 너무 어려운 문제인가 보네요. ─어쩔 수 없죠. 그럼 토비이치 양, 부탁드릴게요."

타마 선생님은 볼을 긁적이면서 한 학생의 이름을 입에 담았다.

그녀는 타마 선생님─ 아니, 2학년 4반에서 수업을 하는 교사 전원에게 있어서 최종수단이다. 학교 제일의 수재, 토비이치 오리가미. 정답자가 없거나, 계속 틀린 답만 나오는 문제를 전문적으로 담당하는 청부업자다.

"……."

시도의 왼편에 앉은 오리가미는 아무 말 없이 천천히 자리에서 일어났다.

그것은 평소와 다름없는 수업시간 광경이었다. 곧 오리가미는 차분하면서도 억양 없는 목소리와 완벽한 정답을 말할 것이며, 타마 선생님은 "네, 잘 했어요~." 하고 말하며 작게 박수를 칠 것이다. 2학년 4반 학생들이 몇 번이나 봐왔던 그 모습이 오늘도 펼쳐지리라.

하지만…….

"—모르겠습니다."

평소와 다름없는 목소리, 평소와 다름없는 억양으로 오리가미가 한 말은 순식간에 교실 안의 공기를 얼려버렸다.

"……어?"

시도 또한 방금 들은 말이 믿기지 않는지 의아한 표정으로 주위를 둘러보았다. 다른 사람이 오리가미의 목소리를 흉내 낸 게 아닐까…… 같은 바보 같은 생각이 시도의 머릿속을 스치고 있었다.

하지만 다른 아이들도 시도와 비슷한 표정으로 오리가미를 쳐다보고 있었다. 시도의 오른편에 앉은 토카만이 다른 이들의 반응이 이해가 되지 않는지 눈을 동그랗게 뜬 채 주위를 둘러보고 있었다.

"으, 으음……."

그런 와중에 타마 선생님은 뭔가가 생각난 것처럼 살며시 손뼉을 쳤다.

"아! 호, 혹시, 어느 문제인지 모르는 건가요~? 수, 수업에 집중해 주세요. 방금 물어본 건 3번 문제ㅡ."

"아뇨."

하지만 오리가미는 타마 선생님의 말을 자르면서 고개를 저었다.

"어느 문제인지는 알고 있어요. 하지만 그 문제의 답을 모르겠습니다."

"……."

타마 선생님은 잠시 동안 어안이 벙벙한 표정을 지으며 그 자리에서 딱딱하게 굳어 있더니, 곧 그녀의 온 얼굴에 진땀이 맺혔다.

그리고 어떻게 해야 좋을지 모르겠다는 듯이 분필과 출석부를 교탁 아래로 떨어뜨리면서 그 자리에서 우왕좌왕하더니, 결국 자기 발에 걸려 넘어지고 말았다.

"서, 선생님! 괜찮으세요?!"

한 학생이 그렇게 외치자, 괜찮다는 듯이 떨리는 손을 살며시 들어 보인 타마 선생님은 후들거리면서 몸을 일으켰다.

"뭐, 뭐뭐뭐, 토비이치 양도 모를 때가 이이이이이이있겠죠……. 자, 자! 그럼 지금부터 쪽지 시험을 치겠어요! 알았죠?!"

타마 선생님은 단호한 어조로 말한 후, 프린트 용지를 나눠줬다. 평소 같으면 불만 섞인 반응을 보였을 반 아이들도 오늘만은 순순히 프린트를 뒤편의 학생에게 전달했다.

"자, 자, 그럼…… 시작하세요!"

타마 선생님이 말한 순간, 반 학생들은 동시에 프린트를 뒤집었다.

참고로 타마 선생님은 학생들이 쪽지 시험에 열중한 사이 호흡을 진정시킨 후, 아까 떨어뜨린 분필과 출석부를 주웠다.

그리고 10분 정도 지났을 즈음…….

"—자, 그럼 뒷줄 학생부터 앞으로 용지를 전달해 주세요."

겨우 마음을 진정시킨 타마 선생님의 말에 따라, 다들 프린트를 앞쪽으로 전달했다.

그리고 타마 선생님은 가장 앞줄에 도달한 프린트를 모았고—.

"히익?!"

창가 자리의 프린트를 받은 순간, 믿기지 않는 걸 본 표정을 지으며 숨을 삼켰다.

그리고 그대로 비틀거리더니, 쿵 소리가 나게 벽과 충돌한 후 그대로 바닥에 주저앉았다.

"서, 선생님……?"

"왜 그러세요~?"

"타마 쌤, 괜찮아~?"

반 학생들이 걱정하는 듯한, 혹은 의아한 목소리로 타마 선생님에게 말을 걸었다. 바로 그때, 마치 이 타이밍을 기다리기라도 한 것처럼 복도 쪽에서 슬리퍼 소리가 들리더니 드르륵 하는 소리를 내면서 교실 문이 열렸다.

"오카미네 선생. 아까부터 시끄럽던데, 무슨 일이라도 있습니까?"

그렇게 말하면서 안으로 들어온 이는 중년 남성 교사였다. 학년주임이기도 한 수학 교사다. 아마 옆 반에서 수업을 하고 있었으리라.

"아……, 으, 우, 아……."

하지만 타마 선생님은 얼굴이 새파랗게 질린 채, 물밖에 나온 생선처럼 입만 뻐끔거리면서 들고 있던 프린트를 손가락으로 가리켰다.

그 반응을 의아하게 생각한 남성 교사는 타마 선생님에게 다가가더니 그녀가 들고 있던 프린트를 건네받았다.

그리고 그 프린트를 보더니―.

"아니……?!"

타마 선생님과 똑같은 표정을 지은 남성 교사는 당황한 얼굴로 시도의 옆자리― 오리가미의 자리로 걸어왔다.

"토, 토비이치……? 이게 어떻게 된 거지? 혹시 몸이 좋지 않다면 양호실에……."

"아뇨. 몸에는 아무 문제도 없습니다."

"그…… 그럼, 이건……."

남성 교사는 그렇게 말하면서 쪽지 시험 프린트를 책상

위에 놓았다.

"어……?"

그것을 본 시도는 눈을 동그랗게 떴다. 토비이치의 옆자리이기에 쪽지시험 프린트가 보였던 것이다.

바로— 답이 절반만 적힌 프린트 용지가 말이다.

"몰라서 못 푼 것뿐입니다."

"뭐……, 뭐……."

오리가미가 태연한 목소리로 그렇게 말하자, 남성 교사는 눈을 크게 치켜떴다. 그리고 분노로 얼굴을 물들이더니, 타마 선생님에게 다가갔다.

"오, 오카미네 선생! 대체 어떤 문제는 낸 겁니까?! 토비이치 오리가미조차도 풀지 못 할 만큼 어려운 문제를 낸 겁니까?!"

"펴, 평범한 문제예요……. 평소에 수업만 잘 들어도 만점을 받을 수 있는 문제란 말이에요!"

"하지만 당사자가 몰라서 못 푼다고 말하지 않습니까! 앗! 설마 문제 자체는 평범하지만, 다른 나라의 소수부족 언어로 답을 써라 같은 말도 안 되는—."

"제, 제가 그런 언어를 알 리가 없잖아요……."

타마 선생님은 금방이라도 울음을 터뜨릴 것 같은 표정을 지으며 대답했다.

무표정한 오리가미는 심경이 복잡한 듯한 분위기를 지닌

채, 그 광경을 쳐다보고 있었다.

"······."

오산이었다. 오리가미는 교실 앞쪽에서 펼쳐지고 있는 광경을 보면서 손톱이 손바닥에 박힐 만큼 세게 주먹을 말아 쥐었다.

시도에게 평범한 여자애다움을 어필할 생각이었는데, 나쁜 방향으로 눈에 띄고 말았다. 이래서야 완벽한 역효과다.

"······하지만, 아직 기회는 있어."

하지만 오리가미에게는 아직 작전이 남아 있었다. 결의를 다진 오리가미는 날카로운 시선을 머금으면서 고개를 끄덕였다.

○스텝2 여자애는 수다를 좋아한다.

딩동댕동······ 하고 귀에 익은 벨 소리가 들리더니, 수업이 끝났다.

결국 그 후에도 선생님들이 계속 당황한 상태였기에 수업은 제대로 진행되지 않았다. 최종적으로는 오리가미에게 공부에 집중하지 못할 만큼 중대한 문제가 있는 것이 아닐까

하는 결론에 도달했는지, 「무슨 일 있으면 주저 말고 저한테 이야기하세요」라든가 「우리 학교는 집단 괴롭힘 해소에 힘을 쏟고 있어요」라든가 「매주 월수금에는 상담선생님도 학교에 와요」 같은 말을 한 후 교실에서 나갔다.

오리가미는 그런 말들을 대충 흘려들으면서, 다음 오리가미의 평범한 여자애 되기 계획에 대해 생각했다.

─입수한 정보에 따르면, 여자애는 수다를 좋아한다고 한다.

오리가미는 원래 말수가 적고, 또래 여자애와의 대화에서 가치를 찾지 못했다. 하지만 주위를 관찰해보니, 여자아이들은 쉬는 시간마다 여러 그룹으로 나뉘어 즐겁게 이야기를 나눴다. 분명 저런 것이 평범한 여자애다운 행동일 것이다.

대화 내용은 다 달랐지만, 공통점은 있었다. 그것은 하나같이 별 상관없는 이야기라는 점이다. 확실히 그녀들은 대화를 통해 중요한 정보를 공유하고 있다기보다 「수다」라는 커뮤니케이션 행위 자체에서 일종의 쾌락을 느끼고 있는 것 같았다.

그것만 이해했으면 충분했다. 다행히 이번 시간은 점심시간이다. 친구와 같이 점심을 먹으면서 수다를 떨자고 생각한 오리가미는 도시락을 들고 자리에서 일어났다.

"…………."

하지만, 그 순간 깨달았다.

이 반에는 오리가미가 수다를 떨 만한 친구가 없었다.

이것은 큰 문제점이었다. 오리가미는 침을 삼켜 목을 적신 후, 교실 안을 둘러보았다.

전장에서는 대원들과의 연계가 필수 불가결하기 때문에 AST 내부에서는 최소한의 커뮤니케이션을 나누고 있지만, 반에서는 그러지 않았다. 말을 걸면 반응을 보이기는 하겠지만, 그걸로 끝이다.

하지만. 오리가미가 이 정도 일로 포기할 리가 없었다.

오리가미는 사냥감을 노리는 맹금류처럼 눈을 가늘게 뜨더니, 붙여놓은 책상에 둘러앉아 있는 여자 그룹에게 조용히 다가갔다.

"시도! 점심 먹자꾸나!"

토카는 그렇게 말하면서 자신의 책상과 시도의 책상을 붙였다.

"그래그래…… 어, 라……?"

그 말에 답하면서 위화감을 느낀 시도는 고개를 갸웃거렸다.

평소 같으면 토카와 동시에 책상을 붙였을 오리가미가 왠지 조용히 있었다.

시도가 의아하게 생각하며 쳐다보니, 오리가미는 도시락을 손에 든 채 조용히 일어서더니, 교실 앞쪽에서 붙여놓은 책상에 둘러앉아있는 세 소녀들을 향해 걸음을 옮겼다. 토카를 항상 신경써주는 여자 3인조, 아이, 마이, 미이 트리오였다.

그리고 즐겁게 담소를 나누고 있는 그녀들의 등 뒤에 선 오리가미는……

"―끼워줘."

억양 없는 목소리로 말했다.

"""어……?"""

아이, 마이, 미이는 동시에 입을 열더니 미간을 좁히면서 주위를 두리번거린 후― 오리가미를 쳐다보았다. 아무래도 방금 그 말을 오리가미가 아닌 다른 누군가가 했다고 생각한 것 같았다.

시도도 그녀들의 마음을 이해할 수 있었다. 이 반 학생이라면, 과묵하고 남들과 교류하려 하지 않는 오리가미가 그런 소리를 했다고는 보통 생각하지 못할 것이다.

하지만 오리가미는 올곧은 눈길로 세 사람을 쳐다보면서 또 입을 열었다.

"끼워줘."

"으, 으음……."

아이는 당혹스러운지 볼을 긁적였다.

"그 말은…… 우리와 같이 점심을 먹고 싶다는 거야?"

"그래."

"그건 괜찮은데…… 갑자기 왜 그러는 거야?"

"수다가 떨고 싶어졌어."

"뭐?! 그, 그렇구나…… . 그럼 앉아."

미이는 미심쩍어 하면서 옆으로 살짝 비켜났다.

그러자 오리가미는 고개를 끄덕인 후, 근처에 있던 의자를 가져와 그 세 사람과 둘러앉았다.

"……."

"……."

"……."

아니나 다를까, 아까까지만 해도 즐겁게 수다를 떨던 세 사람 사이에서 거북한 침묵이 흘렀다.

하지만 오리가미는 그런 분위기를 개의치 않는 것처럼 도시락 통을 열더니, 영문을 모르겠다는 것처럼 고개를 갸웃거렸다.

"이야기, 안 해?"

"으, 응…… . 하, 할 건데…… ."

마이는 당황한 듯한 목소리로 그렇게 말했고…… 잠시 후, 뭔가가 생각났다는 것처럼 팡! 소리가 나게 손뼉을 쳤다.

"아, 마, 맞다! 저기 말이야. 역 앞에 있는 쌍둥이 빌딩에 새로운 셀렉트숍이 들어온대. 신장개점 세일도 한다는 것 같던데, 같이 가볼까?"

"뭐, 정말? 좋네, 가 보자~. 마침 여름 옷 좀 사야하던 참이야~."

"어~, 아이가 사야하는 건 새 수영복 아냐~? 작년 게 들어가옵니까~?"

"만년 유아체형에게 그런 소리 듣고 싶지 않다구~!"

"뭐어~, 말 다했어~?"

"―셀렉트숍?"

오리가미는 세 사람의 대화에 끼어들듯 그렇게 말하면서 고개를 갸웃거렸다.

"아, 으음, 간단히 말해 옷이나 잡화 같은 걸 파는 가게야."

"토비이치 양도 관심 있어~?"

"아, 그런데 토비이치 양은 평소에 어떤 가게에 가?"

세 사람이 묻자, 오리가미는 작게 고개를 끄덕이며 대답했다.

"꼭 필요한 옷은 인터넷으로 사는 편이야."

"흐음~, 그렇구나. 아, 실은 나도 때때로 인터넷 쇼핑몰을 이용해~."

"나도나도~. 편리하잖아~."

"하지만 실물을 보고 고르는 것도 재미있다구~."

미이가 그렇게 말하자, 오리가미는 잠시 동안 생각에 잠기는 듯한 시늉을 한 후 입을 열었다.

"그러고 보니 특이한 양품점을 하나 알아."

"그래? 어디 있는데?"

"텐구대로의 뒷길 쪽에 있어."

"흐음~. 그러고 보니 그쪽에는 거의 가본 적이 없네. 어떤 가게야?"

"다른 곳에서는 잘 취급하지 않는 상품을 팔아. 나도 몇 번 신세를 진 적이 있어. 여차할 때는 매우 유용한 가게야. 알아두면 도움이 될 거야."

"우와, 엄청나네~. 다음에 한 번 가보고 싶어~. 거기서는 어떤 걸 파는데?"

세 사람의 반응을 본 오리가미는 잘난 척 하듯 고개를 끄덕이면서 말을 이었다.

"메이드복과, 학교 수영복."

"""뭐……"""

"그리고 강아지 귀와 꼬리 세트."

"""……"""

세 사람은 오리가미의 말을 듣더니 서로의 얼굴을 쳐다보았다.

"내가 구입한 건 새것이지만, 중고품도 팔고 있었어. 그리고 어째선지 중고가 더 비싸. 아마 빈티지 상품일 거야."

"""……"""

"가볼래?"

오리가미가 묻자, 세 사람은 세차게 고개를 저었다.

"그, 그러고 보니!"

아이는 화제를 바꾸려는지 과장스러울 만큼 힘찬 목소리

로 그렇게 말하며 가방 안에서 조그마한 디지털 카메라를 꺼냈다.

"이거, 어때? 얼마 전에 샀어~."

"와아~, 끝내주네~. 정말 귀여워~!"

"아~, 좀 찍어줘~."

"응, 좋아~. 자, 토비이치 양도 같이 찍어줄게. 그럼, 치즈~."

버튼을 누르자 찰칵 하는 셔터 음이 울려 퍼졌다. 마이와 미이는 V사인을 했지만, 오리가미는 무표정한 얼굴로 렌즈를 쳐다보고 있었다.

"와~, 좋겠네~. 얼마 했어?"

"으음, 2만 엔 정도~? 아르바이트비 받아서 사버렸어~."

"우와~, 나한테는 무리네~. 아이는 부르주아~."

"—나도 얼마 전에 카메라를 새로 장만했어."

바로 그때, 오리가미가 또 대화에 끼어들었다.

"어, 토비이치 양도 사진을 찍는구나."

"와아~, 좀 의외야~."

"어떤 걸 샀는데~?"

"몰카용 최신형 CCD카메라."

"""뭐……."""

오리가미가 말한 순간, 또 주위의 분위기가 얼어붙었다.

"잘만 숨기면 프로도 눈치채기 어려워."

"""……."""

"원한다면 구해줄게."

오리가미가 그렇게 말하자, 세 사람은 또 고개를 세차게 저었다.

"아……, 그, 그래! 그것보다!"

이번에는 미이가 화제를 바꾸기 위해 아이 쪽을 쳐다보았다.

"지금 중요한 건 아이가 왜 이 타이밍에 카메라를 샀냐는 거야."

"아, 혹시 키시와다 군과 좀 진전이 있었던 거야……?!"

마이는 눈을 반짝이면서 아이를 쳐다보았다.

하지만 아이는 눈을 살짝 내리깔더니 어깨를 으쓱하면서 고개를 저었다.

"기대에 부응하지 못해 미안하지만, 눈곱만큼도 진전이 없어. 내가 계속 어프로치를 하는데도 영 반응이 시원찮단 말이야~. 역시 가능성이 없는 걸려나……."

"그렇지 않아! 키시와다 군은 완전 초식남이니까 아이가 좀 더 세게 나가야 한다구!"

"맞아맞아! 열 번 찍어 안 넘어가는 나무 없다잖아! 포기하면 안 돼!"

마이와 미이가 열의에 찬 목소리로 주장하자, 오리가미도 그 말에 동의하듯 고개를 끄덕였다.

"그 의견에는 찬성이야. 상대가 숙맥이라면 여자 쪽에서 리드할 수밖에 없어."

"오오! 토비이치 양께서 대담한 발언을 하셨습니다!"

"으음, 토비이치 양은 혹시 육식녀야~?"

마이와 미이는 과장스러운 목소리로 외치면서 아이의 어깨를 두드렸다.

"거 봐. 토비이치 양의 말 들었지? 이제부터가 중요하다구."

"맞아. 세게 밀어붙여보는 거야~!"

"으, 응. 알았어. 힘내볼게!"

아이는 주먹을 말아 쥐더니 결의를 다지듯 힘차게 고개를 끄덕였다.

오리가미는 그런 아이를 응원하듯 살며시 고개를 끄덕였다.

"─사랑을 하고 있는 너한테 도움이 될 만한 아이템을 줄게."

"뭐? 아이템?"

"와아~. 토비이치 양은 의외로 여성스럽네~."

"아이, 좋겠네~. 효험이 있을 것 같잖아~. 빨리 달라고 해~."

마이와 미이가 그렇게 말하자, 아이는 "으, 응!" 하고 말하며 고개를 끄덕였다.

"토비이치 양, 그게 어떤 거야?"

"받아."

그러자 오리가미는 호주머니에서 조그마한 병을 꺼내서

책상 위에 올려놓았다.

"이게 뭐야……?"

"어~, 본격적인 것 같네~."

"와아~, 이걸로 어떻게 하는데?"

"—적정량을 손수건 같은 것에 묻힌 후, 그걸로 상대의 입과 코를 가려."

""""뭐……."""

오리가미가 그렇게 말한 순간, 또 분위기가 얼어붙었다.

"그걸로 그는 훅 가버릴 거야."

""""…….""""

"그럼 기정사실을 마음껏 만들 수 있어."

세 사람을 그 말을 듣더니 또 세차게 고개를 저었다.

"저, 저 녀석, 대체 뭘 하고 있는 거야……."

시도는 식은땀을 흘리면서 신음하는 듯한 목소리로 중얼거렸다.

○스텝3 여자애는 귀여운 것을 좋아한다.

스텝2는 꽤 괜찮은 성과를 거뒀다.

점심을 먹은 오리가미는 만족스럽다는 듯이 고개를 끄덕이면서 시도 쪽을 힐끔 쳐다보았다.

그러자, 시도도 오리가미 쪽을 쳐다보고 있었는지 두 사람의 시선이 부딪혔다. 그리고 시도는 허둥지둥 고개를 돌렸다.

오리가미는 마음속으로 기뻐했다. 시도는 오리가미의 여자애다운 일면을 보고 가슴이 뛴 것 같았다. 점심시간 동안 저 증오스러운 야토가미 토카보다 훨씬 많은 점수를 땄을 것이다.

그런 생각을 하고 있던 오리가미는 문뜩 아까 세 소녀와 나눴던 대화를 떠올렸다.

그녀들은 점심시간이 끝나기 직전, 「그, 그러고 보니, 토비이치 양은 왜 토카를 싫어하는 거야?」, 「마, 맞아. 저렇게 귀여운 애를 보면 텐션이 올라가야 정상이잖아~」, 「동감이야~」 같은 소리를 했다. 그 말에서는 필사적으로 화제를 바꾸려 하는 느낌이 들었는데…… 아마 착각일 것이다.

아무튼, 평범한 여자애의 감성으로 볼 때, 야토가미 토카는, 저 역겨운 정령은 「귀여운 것」 같았다.

그리고— 평범한 여자애는 귀여운 것을 좋아한다고 한다.

생각만 해도 역류한 위액이 운동회를 벌일 것 같지만, 그것이 평범한 여자애다운 행동이라면 어쩔 수 없다. 오리가미는 시도를 위해서라면 호랑이 뱃속에 들어갈 각오조차 이미 되어 있었다.

"…………."

방과 후를 노리기로 결심한 오리가미는 그때에 대비해 정신을 집중하기 시작했다.

"시도, 돌아가자꾸나! 그런데 오늘 저녁은 무엇이냐?!"

종례가 끝나자마자, 하교할 준비를 끝낸 토카가 시도를 향해 몸을 쑥 내밀었다. 그녀의 활기찬 모습을 본 시도는 무심코 쓴웃음을 지었다.

"아직 저녁이 되려면 멀었잖아. ……뭐, 좋아. 오늘 저녁은 뭐로 하지. 냉장고 안도 꽤 비었으니까, 돌아가는 길에 상점 가에 들렀다 갈까?"

"오오! 장을 보는 것이냐!"

시도가 그렇게 말하자, 토카는 눈을 반짝였다.

"시도, 시도!"

"……알았어. 그래도 딱 두 개만이야."

시도는 어깨를 으쓱하면서 손가락 두 개를 세웠다. 표정을 보아하니 무슨 이야기를 하는 것인지 상상이 되었다. 모처럼 상점가에 가는 것이니 군것질이 하고 싶은 것이리라.

그리고 그 상상은 틀리지 않은 것 같았다. 토카는 "음!" 하고 힘차게 말하면서 고개를 끄덕였다.

바로 그때, 토카의 등 뒤에 누군가가 나타났다. ―오리가 미였다.

"야토가미 토카."

"으."

이름을 불린 순간, 한껏 기분이 좋아보이던 토카의 표정이 순식간에 흐려졌다.

"뭐냐. 나한테 볼일이라도 있는 것이냐?"

고개를 돌린 토카는 적의에 찬 날카로운 시선으로 오리가미를 노려보았다.

하지만 다음 순간, 토카의 얼굴은 경악과 당혹으로 가득 찼다.

이유는 단순했다. 오리가미가 토카를 꼭 끌어안은 것이다.

"이……, 이게 무슨 짓이냐……?!"

"…………."

오리가미는 눈썹을 찌푸리더니 구역질을 참는 듯한 표정을 지었다. 하지만 다음 순간, 평소와 다름없는 표정을 짓더니 토카의 얼굴을 살며시 매만졌다.

"귀엽네. 정말 귀여워."

토카가 손발을 버둥거리는데도, 오리가미는 억양 없는 목소리로 그렇게 말하면서 그녀의 얼굴을 계속 쓰다듬었다. ……뭐랄까, 묘한 거부감이 느껴지는 광경이었다.

"이익……!"

겨우겨우 오리가미를 떨쳐낸 토카는 그녀에게서 떨어졌다.

"이, 이 녀석! 이게 무슨 짓이냐!"

"네가 너무 귀여워서 쓰다듬었을 뿐이야. 평범한 여자애의 평범한 행동이지."

"뭐, 뭘 노리는 것이냐?!"

"노리는 건 없어. 굳이 꼽자면, 너와 사이좋게 지내고 싶을 뿐이야."

"'뭐……?!'"

오리가미가 그렇게 말한 순간, 시도와 토카의 목소리가 멋진 하모니를 이뤘다.

"장 보러 갈 거지? 나도 같이 가고 싶어."

"허, 헛소리 하지 마라! 누가 너 같은 녀석과……!"

"지, 진정해, 토카."

시도는 화난 토카를 달래면서, 표정에 변화가 없는 오리가미를 쳐다보았다.

……오리가미는 오늘 좀 이상했다. 분명 평소와 달랐다.

4교시 수업 때도 그랬고, 점심시간에도 평소와는 전혀 다른 행동을 했다. 오후 수업 때도 정신이 딴 데 가 있었다. 마치 열이라도 있는 것 같았다.

하지만…… 아무리 오리가미가 평소와 다르다고 해도, 지금 이 상황은 시도에게 있어 나쁘지만은 않았다.

그것도 그럴 것이, 오리가미, 시도가 아는 이들 중에서 가장 정령을 증오하는 사람이자 AST의 일원인 토비이치 오리가미가 토카와 사이좋게 지내고 싶다고 말한 것이다.

어쩌면 토카가 아까 말한 것처럼 뭔가 노리는 게 있는 걸지도 모른다. 단순한 변덕이나 일시적인 일일지도 모른다.

하지만 그 어떤 이유가 있을지언정, 이것은 기적에 가까운 찬스였다.

"저기, 토카. 오리가미도 저렇게까지 말하는데, 그냥 같이 가자. 응?"

"뭐…… 시, 시도?! 이 녀석의 말을 믿는 것이냐?!"

"아…… 그런 건 아닌데…… 안 될까?"

"으, 음……."

토카는 잠시 동안 난처한 표정을 지은 후, 오리가미를 향해 손가락을 내밀면서 말했다.

"차, 착각하지 마라! 시도를 봐서 어쩔 수 없이 동행을 허락해주는 것이다!"

"…………."

오리가미는 토카의 말을 듣고 짜증이 났는지 눈썹 끝이 치켜 올라갔다. 하지만 아까와 마찬가지로 금방 표정을 고치더니 고개를 끄덕였다.

"기뻐."

"히익……?!"

오리가미가 그렇게 말하자, 토카는 기분 나쁘다는 듯이 어깨를 부르르 떨었다.

"……이, 이 녀석, 좀 더 떨어져서 걷지 못하겠느냐?"

"이 정도가 적정거리야."

"너, 너무 가깝지 않느냐!"

"나는 평범한 여자애답게 행동하고 있을 뿐이야. 여자애는 귀여운 걸 정말 좋아해."

"하, 하하하……."

시도는 상점가를 나란히 걷고 있는 토카와 오리가미를 쳐다보며 쓴웃음을 지었다.

아니, 나란히 걷고 있다……는 말에는 약간의 어폐가 있었다. 평범하게 걷고 있는 토카에게, 오리가미가 찰싹 달라붙어 있었던 것이다. 토카는 싫은지 거리를 벌리려하자, 오리가미는 더욱 그녀에게 접근했고…… 그런 일을 반복하다 보니 두 사람은 길을 따라 쭉 나아가지를 못하고 있었다.

……하지만 어째서일까. 토카야 어쩔 수 없다고 쳐도, 오리가미 또한 안색이 나빠 보였다.

"오리가미……? 괜찮아? 왠지 무리하고 있는 것 같은데……."

"응? 무슨 소리를 하는 건지 모르겠어."

시도가 묻자, 오리가미는 딱 잘라 대답했다. 명백하게 기분이 나빠 보였지만…… 아무래도 끝까지 아무렇지도 않다고 우길 작정인 것 같았다.

"그, 그래……?"

저렇게까지 말하니 더는 추궁할 수가 없었다. 시도는 순순히 물러섰다.

바로 그때, 오리가미에게 쫓기고 있던 토카가 힘없는 목소리로 말했다.

"시, 시도……."

점점 토카가 불쌍하다는 생각이 든 시도는 머리를 긁적이면서 오리가미에게 다시 말을 걸었다.

"저, 저기, 오리가미. 토카도 걷기 힘들어 보이는데, 이제 좀 떨어지지 그래?"

"……그건, 평범한 행동이야?"

"뭐? 으음…… 아마 그럴 거야."

"그래."

오리가미는 고개를 끄덕인 후, 의외로 순순히 토카에게서 떨어졌다. 토카는 하아하아 하고 한숨을 내쉬었다.

그리고 긴장이 풀린 순간, 토카의 배에서 꼬르르르륵……하는 귀여운 소리가 흘러나왔다.

"으음…… 시도. 뭐 좀 먹지 않겠느냐?"

"아, 좋아. 이 주변에는…… 아, 저쪽에 크레페 가게가 있네."

"오오! 크레페! 그거 좋지!"

토카는 아까까지와는 달리 표정이 환해졌다.

그 순간, 토카의 옆에 있던 오리가미가 달려 나가더니, 엄청난 속도로 크레페를 하나 사서 돌아왔다.

"받아."

그리고 그 크레페를 토카에게 내밀었다.

오리가미가 뜻밖의 행동을 취하자, 토카는 경계하는 듯한 표정을 지으면서 한 걸음 물러섰다.

"뭐…… 뭐하는 것이냐."

"……응? 초코바나나 맛을 싫어하는 거야?"

"아니, 엄청 좋아한다만…… 내 말은 그게 아니라……."

"받아."

오리가미는 다시 한 번 토카를 향해 크레페를 내밀었다. 토카는 미심쩍은 시선으로 오리가미를 노려보면서도 서서히 손을 내밀더니, 그 크레페를 받았다.

그리고 킁킁 하고 냄새를 맡아보고, 크림을 핥아먹으면서 안전을 확인한 후, 한 입 베어 물었다.

"……음, 맛있구나……."

토카는 오리가미가 건네준 것이라는 선입관, 그리고 혀를 통해 느껴지는 단맛의 경계에 선 채, 복잡한 표정을 지으면서 말했다.

하지만 진짜로 맛있기는 한 것 같았다. 두 입째는 더욱 호쾌하게, 입을 아예 크게 벌리면서 베어 물었다. 그러자 토카의 볼에 생크림이 묻었다.

바로 그때, 오리가미의 눈썹이 흔들렸다. 그리고 토카를 향해 얼굴을 내밀더니, 볼에 묻은 생크림을 핥아먹었다.

"히익……?!"

얼굴이 새파랗게 질린 토카는 어깨를 부르르 떨었다.

하지만 오리가미는 표정 하나 바꾸지 않은 채 검지로 토카의 코를 살짝 찔렀다.

"당황한 모습도 귀엽네."

"……윽?! ……으윽?!"

눈을 휘둥그렇게 뜬 토카는 방금 오리가미가 훑은 볼에 손을 댄 채 한 걸음 물러섰다.

하지만 오리가미는 움직이지 않았다. 토카의 코를 찌른 자세 그대로, 그 자리에서 딱딱하게 굳어버린 것이다.

"어, 어이, 오리가미……?"

그 모습을 본 시도가 오리가미의 어깨에 손을 얹자—

"우, 우왓?!"

오리가미는 그 자세 그대로 지면에 털썩! 하고 쓰러져버렸다.

"으응……."

오리가미는 낮은 신음소리를 내면서 눈을 떴다.

자신이 침대에 누워 있다는 사실을 금세 눈치챈 오리가미는 욱신거리는 머리를 감싸 쥐면서 천천히 몸을 일으켰다.

"……여기는……."

오리가미는 낮은 목소리로 그렇게 중얼거리면서 주위를 둘러보았다. 흰색 커튼이 쳐진 공간이었다. 밖에서 석양이 쏟아져 들어오고 있는지, 천장이 붉은 색으로 물들어 있었다.

"아, 정신이 들었구나."

귀에 익은 목소리가 고막을 흔든 순간, 주위를 감싸고 있던 커튼이 걷혔다. 그러자 눈부신 저녁노을빛이 시야를 가득 채웠다.

"오리가미, 괜찮아? 역시 무리했던 거지?"

"시도……."

그렇다. 그 목소리의 주인은 시도였다.

눈이 빛에 익숙해지자, 주위의 광경이 보이기 시작했다. 아무래도 이곳은 고등학교 양호실 같았다.

"시도가…… 나를 여기로 데려온 거야?"

"으음…… 뭐, 그래. 참, 토카도 도와줬으니까 나중에 고맙다는 말이라도 해주라고."

"…………."

그 이름을 들은 순간, 오리가미는 무심코 한 손으로 입을 막았다.

"어이어이……."

시도는 쓴웃음을 지으면서 침대 옆에 놓인 동그란 의자에 앉았다.

"그런데 오늘 대체 어떻게 된 거야? 평범과는 완전 거리가 멀었다고."

"…………윽!"

평범과는 거리가 멀다. 그 말을 들은 순간, 오리가미는 아연실색했다.

"뭐, 뭐야. 무슨 일 있는 거야?"

그런 오리가미를 본 시도는 눈썹을 찌푸렸다.

더는 숨길 수 없다고 생각한 오리가미는 차분한 목소리로 이야기했다.

"……평범한 여자애가 되려고 해봤어."

"펴, 평범……?"

시도는 그 말이 이해가 되지 않는다는 듯이 인상을 썼다.

"뭐, 뭐어, 좋아. ……그런데 왜 그런 거야?"

"시도가 평범한 여자애를 좋아한다고 했잖아."

"뭐?"

시도는 허를 찔린 것처럼 눈을 동그랗게 뜨더니, 곧 뭔가가 생각난 것처럼 "아." 하고 작게 말했다.

"……하지만, 무리였어. 나는 평범한 여자애가 되지 못했어."

"저, 저기, 그건 토노마치가 하도 끈질겨서 대충 둘러댄 거야. 나는 딱히……."

"아! 정말?"

오리가미는 고개를 들었다. 그러자, 시도는 볼을 긁적이면서 말을 이었다.

"으, 응. ……뭐랄까, 내 타입 같은 것과는 상관없이, 오리
가미는…… 오리가미다운 게 가장 좋지 않을까? 물론 나로
서는 토카와……."

"알았어."

오리가미는 시도의 말을 끊듯 고개를 끄덕였다.

"네가 그렇게 말한다면, 내일부터는 평소처럼 행동할게.
나는— 네 연인이니까 말이야."

"아니, 저기, 으음…… 그, 그래……."

오리가미가 그렇게 말하자, 시도는 심정이 복잡한지 눈빛
이 흔들렸다.

쿠루미 캣
CatKURUMI

DATE A LIVE ENCORE 4

하늘은 푸르고, 구름은 새하얗다. 그리고 공기는 푹푹 찌는 것처럼 무더웠다.

그림으로 그린 듯한 초여름 날씨였다. 눈부신 햇살이 주위를 비추며 아스팔트를 데우고 있었다. 성질 급한 매미가 자아내는 울음소리가 한산한 주택가를 시끌벅적하게 꾸미고 있었다.

쿠루미는 기분 좋은 듯이 콧노래를 부르면서 느긋한 걸음걸이로 그런 공간을 거닐고 있었다.

칠흑빛을 띤 긴 머리카락을 어깨 근처에서 둘로 나눠묶은 소녀였다. 그냥 서있기만 해도 땀이 날 것 같은 이 날씨에 긴소매 블라우스와 단색 롱스커트를 입고 있는데도 땀 한 방울 흘리지 않았다. 만약 그녀가 가만히 서있다면, 숨 막힐 듯한 미모를 지닌 정교한 인형으로 여기는 사람이 있을지도 모른다.

"······후훗, 우선 일보 전진했다고 봐도 되겠군요."

쿠루미는 즐거운 목소리로 중얼거린 후, 혀로 입술을 훑았다.

정령의 영력을 몸 안에 지닌 소년. 사실 두 눈으로 직접 볼 때까지는 반신반의했지만, 실제로 그런 소년은 존재했다.

그를 잡아먹는다면, 쿠루미는 정령 세 명 몫의 영력을 지니게 될 것이다.【열두 번째 탄환(유드・베트)】를 쓰고도 남을 정도의 방대한 영력을 말이다.

"후후······ 하지만 시도 씨는 마지막 즐거움······으로 삼아야겠죠."

쿠루미는 그렇게 말하면서 왼손을 들어 올리더니 몇 번 쥐락펴락 했다.

한 번 잘려나갔다가【네 번째 탄환(달렛)】으로 재생시킨 팔을 말이다.

그리고― 바로 그때였다.

툭, 하는 소리와 함께 가벼운 충격이 가슴 쪽에서 느껴지더니, 앞쪽에서 "꺄아." 하는 자그마한 비명소리가 들려왔다.

"어머?"

쿠루미는 아래쪽을 쳐다보았다. 그러자 자신의 발치에서 엉덩방아를 찧은 초등학생 4학년 정도로 보이는 여자애가 눈에 들어왔다. 아무래도 걸어오던 쿠루미와 부딪힌 것 같았다.

"어머어머, 죄송해요."

쿠루미는 그렇게 말하면서 손을 내밀었다. 여자애는 한 순간 어깨를 부르르 떨더니, 머뭇거리면서 쿠루미의 손을 잡았다.

그대로 그 여자애의 몸을 일으켜준 쿠루미는 무릎 주위를 가볍게 털어줬다. 그러자 여자아이는 쿠루미를 향해 고개를 꾸벅 숙였다.

"아, 저기…… 죄송해요. 서두르다 그만……."

"아뇨. 저도 다른 생각을 하고 있었으니 피장파장이랍니다."

쿠루미는 그렇게 말하면서 눈앞에 있는 여자애를 관찰했다. 쿠루미와는 대조적으로 시원해 보이는 복장을 하고 있었다. 하지만 그런데도 여자애의 이마에는 구슬 같은 땀방울이 맺혀 있었다. 아무래도 서두르고 있었다는 말은 사실인 것 같았다.

"저, 저기, 죄송하지만……."

"아, 저는 신경 쓰지 않아도 된답니다. 서둘러야 하는 일이 있는 거죠?"

"정말…… 죄송해요."

여자아이는 한 번 더 고개를 숙인 후, 어딘가로 달려가려 했다.

하지만 뭔가 생각난 것처럼 걸음을 멈추더니, 들고 있던

가방 안에서 전단지 같은 종이를 한 장 꺼내 쿠루미에게 건
네줬다.

"저, 저기…… 받아 주세요……."

"예?"

쿠루미는 고개를 갸웃거리면서 그 종이를 쳐다보았다.

종이에는 새빨간 목줄을 한 삼색 얼룩 고양이의 사진과,
그 고양이를 찾는다는 뜻의 문장, 그리고 주변 지도와 연락
처가 인쇄되어 있었다. 아무래도 없어진 애완 고양이를 찾
고 있는 것 같았다.

"저기…… 지나가다 이 애를 보신다면…… 연락 부탁드려요."

"뭐, 좋아요."

쿠루미가 퉁명한 목소리로 대답하자, 여자애는 또 고개를
푹 숙인 후 길을 따라 내달렸다. 한 동안 뛰어가던 그 여자
애는 턱에 발이 걸려 넘어질 뻔 했지만— 겨우겨우 균형을
잡더니 또 달리기 시작했다. ……왠지 또 누군가와 부딪힐
것 같았다.

"……사람이 아니라 고양이를 찾는 전단지인가요."

쿠루미는 하아 하고 한숨을 내쉰 후, 방금 받은 종이를 쳐
다보더니— 그것을 대충 접어서 호주머니에 집어넣었다.

"미안하지만…… 저는 이런 거에 시간을 할애할 만큼 한
가하지 않답니다."

쿠루미는 그렇게 말한 후, 길을 따라 걷기 시작했다.

그렇다. 지금은 이런 일에 신경 쓸 때가 아니다.

할 일이 한도 끝도 없이 있지만, 시간은 유한했다. 쿠루미에게는 사라진 고양이 찾기 같은 사소한 일에 할애할 시간은 단 1초도 없었다.

"……."

하지만…….

아무 말 없이 걸음을 멈춘 쿠루미는 종이를 꺼내더니, 흥하고 코웃음을 쳤다.

"……그러고 보니, 일전에 보충한 『저희들』은 아직 아무 일도 한 적이 없군요."

그리고 그런 말을 하면서 다시 걸음을 내딛더니, 뒷골목 쪽으로 향했다.

"갑자기 실전이나 첩보에 이용하는 것은 좀 그러니…… 간단한 훈련이라도 좀 시켜두는 편이 좋을지도 모르겠어요."

어둑어둑한 뒷골목 안쪽에서 걸음을 멈춘 쿠루미는 발뒤꿈치로 지면을 걷어찼다.

그러자, 쿠루미의 발치에 존재하는 그림자가 순식간에 늘어나더니, 뒷골목을 완전히 뒤덮었다.

그리고 쿠루미가 손가락을 튕기자, 지면과 벽에 드리워진 그림자에서 새하얀 손이 자라나더니— 수많은 소녀들이 동시에 얼굴을 내밀었다.

좌우 불균형하게 묶은 머리카락과, 왼쪽 눈에 새겨진 시계 문자판. 그렇다. 몸을 감싼 옷과 헤어스타일은 다르지만, 그림자에서 나온 것은 전부 쿠루미와 똑같은 얼굴을 지니고 있었다.

"一『저희들』."

쿠루미가 그렇게 말하자, 『쿠루미들』은 그 말만으로 그녀의 의도를 눈치챘는지 쿡쿡 하고 웃음을 흘렸다. 그리고 뒷골목 밖으로 뛰쳐나가거나, 일반주택의 지붕 위로 뛰어올라가거나, 혹은 다시 그림자 안으로 들어가더니— 마을 전체로 흩어졌다.

◇

"아…… 이제 완연한 여름이네."

햇빛이 쏟아지는 골목을 걸으며 그렇게 중얼거린 시도는 가볍게 기지개를 켰다.

현재 시각은 오후 1시 30분. 오늘은 학교가 쉬는 날이기 때문에 빨리 장을 봐두려고 상점가로 향하고 있었는데…… 예상했던 것보다 햇볕이 강했다. 솔직히 말해 햇볕이 조금 더 약해진 후에 집을 나설 걸 그랬다고 시도는 생각하고 있었다.

"음? 시도, 왜 그러느냐. 기운이 없어 보이는구나."

하지만 앞장서서 걷고 있는 소녀는 그런 시도와는 달리 기운 넘치는 걸음걸이로 걷고 있었다.

칠흑빛 장발과, 자연적으로 가지고 태어난 걸로 보이지 않는 수정빛깔 눈동자. 한 번 보면 평생 기억 속에 남을 만큼 독특한 인상을 지닌 소녀였다.

하지만 그녀의 몸을 감싼 여름다운 복장, 그리고 순진무구하면서도 활기찬 행동거지가 자아내는 발랄한 분위기가 그런 신비적인 이미지를 감추고 있었다.

야토가미 토카. 시도의 반 친구이자 이웃사촌. 그리고— 과거에 시도에게 힘을 봉인당한 정령 중 한 명이다.

오늘 그녀는 시도가 시장을 보러 간다는 말을 듣자마자 "나도! 나도 따라가겠다!" 하고 외치면서 재빨리 외출 준비를 한 후 그를 따라나섰다.

"하하…… 토카는 기운이 넘치네."

"음! 방금 점심을 먹었기 때문이지!"

토카는 그렇게 말하면서 가슴을 쫙 폈다. 그 모습을 보고 한 번 더 쓴웃음을 지은 시도는 강아지처럼 활기찬 발걸음으로 걷고 있는 토카를 뒤쫓으며 길을 나아갔다.

"음?"

앞장서서 걷던 토카가 갑자기 걸음을 멈췄다. 그리고 지면에 얼굴이 닿을 만큼 몸을 낮추더니 주차되어 있는 차의 아래쪽을 쳐다보았다.

"응? 토카, 왜 그래?"

"으음……."

시도가 다가가자, 토카는 차 밑을 향해 손을 뻗었다. 그리고 잠시 동안 차 밑을 뒤지더니, 곧 고양이 한 마리를 꺼냈다.

"고, 고양이?"

시도는 눈을 동그랗게 떴다. 빨간색 목줄을 찬 얼룩 고양이였다. 그늘에 있다 갑자기 강렬한 햇빛을 본 탓인지, 눈부셔하며 눈을 가늘게 뜨고 있었다.

"자고 있는 애를 억지로 깨우지 말라고. ……뭐, 차 밑은 위험할지도 모르지만 말이야."

시도가 그렇게 말하자, 토카는 고개를 저었다.

"그런 게 아니다, 시도. 이 애를 잘 보거라."

얼룩 고양이를 안아든 토카는 시도를 향해 돌아서면서 말했다.

유심히 보니, 고양이의 왼쪽 뒷발이 피에 약간 젖어 있었다.

"아…… 다쳤구나."

"음. 치료해주면 안 되겠느냐?"

"으음…… 우리 집에도 응급처치 세트는 있지만, 프로에게 부탁하는 편이 좋겠지……. 좋아. 좀 방향이 다르기는 하지만, 일단 동물병원에 데려갈까?"

"음!"

토카는 고개를 끄덕였다. 그리고 고양이도 대답을 하듯 "냐옹." 하고 울었다.

"오오, 우리말을 알아들은 것이냐?"

"에이, 그럴 리가 없잖아. ……그래도 목줄을 하고 있는 걸 보면 애완 고양이인 것 같네. 사람한테도 익숙한 것 같고 말이야. 그럼 주인을 찾아주는 게 가장 좋겠지만―."

바로 그때, 시도가 갑자기 뒤돌아 보았다.

등 뒤에서 시선 같은 것이 느껴졌기 때문이다.

"음? 시도, 왜 그러느냐?"

"으음…… 방금, 뭐랄까……."

시도는 말을 이으면서 주위를 둘러봤지만, 딱히 이상한 것은 없었다.

시도는 볼을 긁적이면서 고개를 약간 갸웃거렸다.

"으음…… 아무 것도 아냐. 가자."

"음!"

토카는 힘차게 고개를 끄덕였다.

"……어머, 어머, 어머."

쿠루미는 뒷골목에서 밖을 쳐다보면서 희미하게 눈썹을 찌푸렸다.

분신 중 하나에게서 얼룩 고양이를 찾았다는 보고를 받은 쿠루미가 현장에 서둘러 와보니…… 기묘한 상황이 벌어지고 있었다.

쿠루미의 시선은 예의 얼룩 고양이를 안고 있는 아름다운 소녀와, 그 소녀와 나란히 걷고 있는 상냥한 소년을 향하고 있었다.

그 두 사람의 얼굴은 쿠루미의 눈에 익었다. 그들은 바로…… 야토가미 토카와 이츠카 시도였다.

"아무래도…… 골치 아픈 상황이 벌어진 것 같군요."

쿠루미는 흐음 하고 낮은 신음을 흘리면서 턱에 손을 댔다. 하필이면 쿠루미의 포식대상과, 그 포식대상을 수호하는 정령이 그 고양이를 주울 줄이야.

솔직히 말해, 바람직하지 못한 상황이었다.

물론 쿠루미의 〈각각제(刻刻帝)〉는 최강의 천사다. 시도에게 힘을 봉인당한 토카는 그녀의 상대가 되지 못하니, 힘으로 고양이를 빼앗는 것은 간단했다.

하지만…… 사태는 그렇게 만만하지 않았다.

쿠루미가 저 두 사람 앞에 모습을 드러냈다고 치자. 그때…… 그녀는 뭐라고 말하면 될까. "고양이를 내놔."라고 말할까? 그렇게 솔직하게 말해봤자 저 두 사람은 순순히 그 말에 따를 리가 없다. 만약 고양이를 노리는 이유를 묻기라도 한다면, 쿠루미는 꿀 먹은 벙어리가 될 수밖에 없다.

"어떻게 할 거죠?"

쿠루미가 생각에 잠겨 있을 때, 옆에서 말이 들려왔다. 쿠루미와 완전히 똑같은 목소리였다. 고개를 돌려보니, 아까 고양이를 찾아낸 분신이 벽에 드리워진 그림자에서 상반신을 내밀고 있었다.

흥 하고 코웃음을 친 쿠루미는 손에 든 전단지를 쳐다본 후, 시도와 토카의 등을 다시 쳐다보았다.

"방법이라면 얼마든지 있어요. 제가 직접 저 고양이를 그 아이에게 전할 필요는 없죠. ─그러니, 시도 씨와 토카 양에게 이걸 보여주기만 하면 된답니다."

쿠루미는 그렇게 말하면서 전단지를 쥔 손을 살짝 들어보였다.

진로를 변경한 시도와 토카는 당초의 목적지인 상점가가 아니라 동물병원을 향해 걸음을 옮기고 있었다.

고양이를 살펴보니, 서두르지 않으면 목숨이 위험할 만큼 상태가 심각하지는 않았다. 하지만 이대로 놔두면 점점 쇠약해질 테며, 감염증 같은 것에 걸릴지도 모른다. 두 사람은 서두르면서도 가능한 한 고양이에게 진동을 가하지 않도록 주의하면서, 평소 잘 지나다니지 않는 길을 따라 나아갔다.

"그런데 시도. 동물병원이라는 곳은 어디에 있는 것이냐?"

고양이를 상냥하게 안아들고 있는 토카는 한 손으로 고양이에게 쏟아지는 햇빛을 막으면서 시도에게 물었다. 그러자 시도는 위쪽을 쳐다보며 잠시 생각에 잠긴 후, 대답했다.

"아마 이 길을 따라 쭉 가다가, 대로에서 왼쪽으로 가면 보일 거야. 동물병원에 갈 일은 잘 없기 때문에 정확하게 기억하는 건 아니지만 말이야."

"흠…… 그러하냐. 기억해두마."

"뭐?"

"또 이 녀석처럼 상처를 입은 동물을 발견하면 데려가줘야하니까 말이다. 오늘은 시도가 있어서 다행이지만, 나 혼자였으면 이러지도 저러지도 못했을 것이다. 미숙한 나 자신이 부끄럽구나."

"하하, 그렇구나. 하지만 토카가 없었으면 나는 이 애가 있는 것도 모른 채 지나쳤을 거야."

시도가 그렇게 말하자, 토카는 "……오오!" 하고 말하며 환한 표정을 지었다.

"후후, 운 좋은 녀석. 나와 시도, 둘 다 있어서 다행이구나!"

토카는 환한 미소를 지으면서 고양이의 목덜미를 간지럽혔다. 그러자 고양이는 기분 좋은 듯한 울음소리를 내면서 더 해달라는 것처럼 몸을 꿈틀거렸다.

"음, 귀여운 녀석이구나. 여기는 어떠냐."

그런 반응이 마음에 든 토카는 즐거워하면서 계속했다. 그러자 고양이는 "냐옹~." 하고 울면서 토카의 손가락을 핥았다.

"오오……! 시, 시도! 이 녀석을 동물병원에 데려간 후 어떻게 할 것이냐? 내, 내가 기르면 안 되겠느냐?"

"응? 아, 목줄을 하고 있는 걸 보면 주인이 있을 테니, 찾아줘야겠지."

"으, 으음…… 그렇구나. 하, 하지만 만약 못 찾는다면……."

"뭐, 그때는……."

시도가 말을 하다 멈추자, 토카는 진지한 눈길로 그를 지그시 쳐다보았다. 그녀의 시선 때문에 볼에 땀이 밴 시도가 말을 이었다.

"……토카의 맨션이 애완동물을 키우는 게 허용된 곳인지 코토리에게 물어봐야겠지."

"오…… 오오!"

토카는 시도의 말을 듣더니 눈을 반짝이면서 고양이를 꼭 끌어안았다.

"어이어이, 그 애는 다쳤으니까 너무……."

말을 잇던 시도의 눈썹이 희미하게 움직였다.

시도 일행이 향하는 방향에 존재하는 담벼락에 종이 같은 것이 붙어 있었다.

한 순간 선거 포스터라고 생각했지만— 그렇지 않았다. 그 종이에 인쇄되어 있는 것은 사람 얼굴이 아니라, 고양이의—

"아! 시도! 이걸 좀 봐라! 말랑말랑하구나!"

"응?"

하지만 시도가 그 종이를 유심히 쳐다보려 한 순간, 옆에서 토카의 목소리가 들려온 바람에 그의 주의는 그쪽으로 쏠렸다.

고개를 돌려보니, 토카는 흥분한 표정으로 얼룩 고양이의 말랑말랑한 발바닥(물론 다치지 않은 앞발이다)을 만지고 있었다.

"시, 시도! 정말 끝내주는 구나! 이게 대체 뭐냐?!"

"아, 육구(肉球)구나. 개나 고양이의 발에 달려있는 거야."

"육구……?"

토카는 고개를 약간 갸웃거린 후, 뭔가를 눈치챈 것처럼 눈을 치켜떴다.

"한자 뜻으로 보면, 고기로 된…… 공. 혹시 미트볼은 이걸 삶아서 만든 것이냐?!"

"아냐. 영어로 직역하면 그런 식으로 되기는 하지만, 완전히 다르다고."

시도는 고개를 저으면서 부정했다. ……약간 기분 나쁜 상상을 하고 말았다.

"흠, 그러하냐……. 그래, 정했다! 네 이름은 육구다!"

토카는 그렇게 외친 후 연신 고개를 끄덕였다.

"어, 어이, 너무 성급한 거 아냐? 우선 주인을 먼저 찾아봐야 하잖아."

"그렇지 않다. 주인을 찾아주더라도, 그 동안 이 녀석을 부를 이름이 없으면 불편하지 않느냐. 게다가…… 시도가 나에게 이름을 지어줬듯, 나도 이 녀석에게 이름을 지어주고 싶다."

"으음…… 그렇구나."

시도는 고개를 끄덕이다가— "아." 하고 낮은 목소리로 말했다.

토카와의 대화에 정신이 팔린 시도는 아까 종이가 붙어 있던 장소를 완전히 지나치고 만 것이다.

"……뭐, 괜찮겠지."

신경이 쓰이지 않는 것은 아니지만…… 그렇다고 왔던 길을 되돌아가서 확인하고 싶을 정도는 아닌데다, 지금은 이 고양이를 병원에 데려가는 게 우선이다. 시도는 머리를 긁적인 후, 토카와 함께 서둘러 동물병원으로 향했다.

"……"

시도와 토카가 지나간 후…….

담벼락의 그림자에서 모습을 드러낸 쿠루미는 담벼락에 붙어 있던 전단지를 거칠게 떼어냈다.

그렇다. 쿠루미는 시도와 토카의 이동경로를 예상해 앞질

러간 후, 가능한 한 눈에 띠는 위치에 고양이를 찾는다는 내용의 전단지를 붙여둔 것이다.

그 얼룩 고양이가 주인인 여자애의 곁으로 돌아만 간다면, 그게 남의 공적이 되더라도 상관없다. 아니, 솔직히 말해 그 편이 낫다.

시도가 이 전단지를 봤다면 바로 여기 적힌 번호에 전화를 했을 것이다. 그러면 만사형통, 전부 해피해지는 것이다.

하지만— 그렇게 되지는 않았다. 토카가 절묘하기 그지없는 타이밍에 끼어든 탓에 시도는 전단지에 제대로 눈길을 주지 못한 것이다.

"쳇…… 아쉽게 됐군요. 토카 양이 괜한 짓만 하지 않았으면 전부 잘 풀렸을 텐데 말이죠."

쿠루미가 짜증 섞인 목소리로 그렇게 말한 순간, 아무도 없는 공간에서 웃음소리가 들려왔다.

"어머나, 눈치채지 못했나 보군요."

"어떻게 하실 거죠?"

"역시 이런 번거로운 수단을 쓰지 말고, 직접 만나보는 편이 좋지 않을까요?"

담벼락에서, 벽에서, 지면에서, 똑같을 얼굴을 지닌 『쿠루미들』이 쑥 고개를 내밀더니 그렇게 말했다.

"입 다무세요, 『저희들』. 작전은 아직 남아 있어요."

"그런가요. 그럼 이번에는 어떻게 할 생각이죠?"

분신 중 한 명이 고개를 갸웃거리면서 물었다. 쿠루미는 흥 하고 코웃음을 친 후, 들고 있던 전단지를 반으로 접었다.

"작전의 방향성 자체에는 변함이 없어요. 즉, 시도 씨가 이 전단지를 보기만 하면 되는 거죠."

쿠루미는 그렇게 말하면서 전단지를 복잡하게 접기 시작했다.

"흐흥~, 육구~, 육구~, 육육구~."

"이상한 노래네……."

고양이가 마음에 들었는지 이상한 오리지널 송을 흥얼거리고 있는 토카와 나란히 걷고 있던 시도는 쓴웃음을 머금었다.

바로 그때였다.

"어……?"

갑자기 걸음을 멈춘 시도는 뒤돌아 보았다.

뭔가가 등에 부딪힌 느낌이 들었기 때문이다.

"음? 왜 그러느냐?"

"아니, 방금……."

주위를 둘러보던 시도는— 갑자기 아래쪽을 주시했다.

"이건……."

그렇게 말하면서 몸을 숙인 시도는 자신의 뒤편에 떨어져 있는 것을 주웠다.

　그것은 전단지로 보이는 종이를 접어서 만든 종이비행기였다.

　아무래도 아까 시도의 등에 부딪힌 것은 바로 이 종이비행기 같았다. 주위를 둘러봐도 딱히 아무도 보이지 않았지만…… 이 근처에 사는 애가 장난삼아 던진 걸까?

　"어라? 이 종이는……."

　시도는 미간을 살짝 찌푸렸다. 그 종이비행기가 신문에 들어있는 전단지 같은 걸로 만든 게 아니라는 사실을 눈치챘기 때문이다. 가정용 프린터로 출력한 듯한 사진과 문자가 눈에 들어왔다. 그리고 날개 부분에는 손 글씨로 『펼쳐 봐 주세요』라고 적혀 있었다.

　"……꽤 정중한 낙서네."

　땀방울이 볼을 타고 흘러내리는 가운데, 시도는 그 낙서에 따라 종이비행기를 펼쳐보기 위해 손을 뻗었다.

　"음? 그건 무엇이냐?"

　하지만 바로 그때, 토카가 흥미에 찬 눈길로 시도의 손 언저리를 쳐다보았다.

　"응? 아, 종이비행기야. 방금 누가 나한테 던졌어."

　"종이비행기? 그게 무엇이지?"

　"뭐, 말 그대로 종이로 만든 비행기야. 이렇게 던지면 하늘을 날아."

"뭐, 뭐어?!"

시도가 종이비행기를 던지는 시늉을 하면서 그렇게 말하자, 토카는 눈을 반짝이면서 안고 있던 고양이를 시도를 향해 살며시 내밀었다.

"시도! 이 녀석을 잠시만 들고 있어라!"

"뭐? 아, 응. 그건 괜찮은데……."

시도는 고개를 살며시 끄덕이면서 고양이를 건네받았다. 그러자 토카는 고양이와 교환하듯 시도가 들고 있던 종이비행기를 쥐더니, 한껏 몸을 젖힌 후 그것을 하늘높이 투척했다.

"우라앗!"

"앗……!"

시도가 말리려 했지만 이미 한 발 늦고 말았다. 토카의 힘과 바람이 절묘하게 맞아 들어갔는지, 그 종이비행기는 그대로 먼 곳까지 날아가 버렸다.

"오오, 정말이구나! 정말 대단해! 시도 말대로 종이가 날아갔다!"

"어, 어이……."

토카는 시도가 그 종이에 뭐가 적혀 있는지 확인하기도 전에 던져버렸다. 시도는 비행기가 날아간 하늘을 올려다보면서 미간을 좁혔다.

뭐, 그래도 누군가가 장난삼아 자신을 향해 던진 것이다.

종이를 펼쳐봤자 『이걸 본 사람은 바보』 같은 소리나 적혀 있으리라. 시도는 그렇게 결론을 내리면서 한숨을 내쉬었다.

하지만 시도의 표정 변화를 눈치챈 토카는 몸을 움츠리며 미안해하는 표정을 지었다.

"시, 시도……. 혹시 방금 그건 던져서는 안 되는 것이었느냐……? 미, 미안하다. 지금 바로 찾아오겠—."

"아, 괜찮아. 던지는 시늉을 한 나한테도 잘못이 있어. 어차피 딱히 중요한 건 적혀 있지 않을 테니까 신경 쓰지 마."

"하지만……."

"그것보다 빨리 이 녀석을 치료해주자. 응?"

시도는 미소 지으면서 고양이를 내밀었다. 그러자 토카는 힘없이 축 처져 있던 눈썹을 꼿꼿하게 만들더니, 결의에 찬 눈빛으로 시도를 올려다보면서 힘차게 고개를 끄덕였다.

"토, 카, 야아아아아아아아앙……!"

벽 그림자에서 얼굴을 내민 쿠루미는 점점 멀어져가는 시도와 토카의 등을 노려보면서 이를 갈았다.

그냥 벽에 붙여두기만 해서는 시도의 눈에 들어가지 않을 거라는 사실을 깨달은 쿠루미는 전단지로 종이비행기를 접어서 그를 향해 던졌다. 혹시나 해서 펼쳐봐 달라는 글까지 적어뒀는데, 또 토카에게 방해를 받은 것이다.

"한 번으로 모자라 두 번이나……! 저한테 원한이라도 있는 건가요……?!"

쿠루미가 짜증 섞인 목소리로 그렇게 외친 순간, 또 주위에서 목소리가 들려왔다.

"그야, 뭐, 없지는 않을 것 같은데요?"

"그렇게 난리를 친 데다, 시도 씨를 노리고 있으니까요."

"어머…… 혹시 원한을 품고 있지 않을 거라고 생각했나요?"

주위에 드리워진 그림자에서 두더지 잡기 게임기의 두더지처럼 얼굴을 내민 분신들이 입 모아 말했다. 쿠루미는 짜증을 내며 혀를 찬 후, 그녀들의 머리를 뾱, 뾱, 뾱 하는 소리가 나게 두드려줬다.

"아얏."

"꺄아."

"으으, 너무해요."

머리를 감싸 쥔 분신들은 원망 섞인 시선으로 쿠루미를 쳐다보았다.

하지만 쿠루미는 그녀들의 시선을 개의치 않는다는 듯이 시도와 토카의 등을 쳐다보면서 이를 갈았다.

"더느으으으으은 안 봐줄 거예요! 이 방법만큼은 쓰고 싶지 않았지만, 이대로 물러설 수는 없죠……!"

"무, 무슨 짓을 하려는 거죠?"

분신 중 한 명이 의아한 표정을 지으며 물었다. 쿠루미는 그 분신을 힐끔 쳐다본 후, 낮은 목소리로 입을 열었다.

"더는 전단지를 사용할 수 없어요. 그럼 어프로치 방법을 바꿀 수밖에 없죠……!"

"어프로치 방법을 바꾼다……고요? 대체 어떤 식으로요?"

"—간단해요. 시도 씨의 곁에 있는 저 고양이를 제 쪽으로 오게 만들면 되는 거죠."

"""……윽?!"""

쿠루미가 그렇게 말한 순간, 주위에 출현해 있던 분신들이 일제히 경악했다.

"서…… 설마, 그걸 할 생각인가요?"

"너, 너무 위험해요! 아무리 고양이를 위해서라고 해도, 그렇게까지 할 필요는 없지 않을까요?!"

"다시 생각해 보세요! 만일 들키기라도 했다간 저 두 사람이 그 모습을 보게 될 거랍니다! 그게 뭘 의미하는지 모르는 건 아니잖아요?!"

다들 쿠루미의 분신답게 그 말만 듣고도 그녀의 의도를 파악한 것 같았다.

하지만 분신들이 아무리 말려도 쿠루미의 결심은 흔들리지 않았다.

"입 다무세요! 이건 제 체면 문제예요! 제아무리 사소한 일이라도 제가 하는 일을 방해하다니, 절대 용서할 수 없어요!"

쿠루미가 그렇게 외친 후, 여러 분신들과 함께 지면에 존재하는 그림자 안으로 들어갔다.

"자…… 저 앞에 있는 모퉁이만 돌면 돼."

"오오. 잘 됐구나, 육구여. 치료 받으면 더는 아프지 않을 것이다!"

시도가 앞에 있는 모퉁이를 손가락으로 가리키며 말하자, 토카는 힘차게 고개를 끄덕이면서 말했다. 그리고 고양이 또한 그 말에 대답하듯 "냐옹~." 하고 울음소리를 냈다.

하지만 다음 순간, 토카와 고양이는 몸을 움찔했다. 그리고 동시에 주위를 둘러보았다.

"어, 왜 그래?"

"으음…… 방금 울음소리 같은 게 들리지 않았느냐?"

"울음소리?"

그 말을 듣고 귀를 기울여 보니, 토카의 말대로 "야~옹, 야~옹." 하고 귀여운 고양이 울음소리가 들렸다.

"……응?"

묘한 위화감을 느낀 시도는 눈썹을 찌푸렸다. 시도는 고양이 언어에 해박하지는 않지만…… 이 울음소리는 묘하게 요염하다고나 할까, 누군가를 유혹하는 듯한 뉘앙스가 담긴 느낌이 들었다.

바로— 그때였다.

"앗!"

토카가 그렇게 외친 순간, 고양이가 그녀의 품에서 빠져 나오더니 왼쪽 뒷발을 질질 끌면서 뒷골목을 향해 뛰어갔다.

"시도, 육구가……!"

"알아! 토카, 쫓아가자!"

"음!"

시도와 토카는 고양이를 뒤쫓았다.

상대는 재빠른 동물이다. 평소 같았으면 따라잡지 못했을 것이다. 하지만 뒷발을 다친 상태라면 이야기가 다르다. 고양이와 두 사람 사이의 거리가 점점 줄어들더니—.

"에잇!"

뒷골목에 들어가기 직전, 토카는 고양이를 잡았다.

"음, 잡았다!"

"응! 토카, 잘했—."

토카보다 한 발 늦게 그곳에 도착한 시도는 말을 멈췄다.

이유는 매우 단순했다. 고양이가 들어가려고 하던 뒷골목에서는 전혀 뜻밖의 광경이 펼쳐지고 있었기 때문이다.

"……쿠, 쿠루미?"

시도는 당혹과 경악 때문에 떨리는 목소리로 그 이름을 입에 담았다.

그렇다. 그곳에는 한 소녀가 있었다. 쿠루미. 예전에 시도의 반에 전학 왔던 같은 반 학생이자— 자신의 의지로 인간을 죽이는, 『최악의 정령』이라 불리는 소녀다.

그런 그녀가 고양이처럼 네 발로 걷는 자세를 취한 채, 간드러진 목소리로 "야옹~." 하고 고양이 소리를 내고 있었다. 그 모습을 보고 혼란스러워하지 말라는 게 무리일 것이다. 토카도 시도와 마찬가지로 눈을 동그랗게 뜬 채 쿠루미를 쳐다보고 있었다.

"…………앗……!"

다음 순간, 쿠루미 또한 시도와 토카가 눈에 들어온 것 같았다. 쿠루미는 어깨를 부르르 떨면서 한순간 몸을 경직시킨 후— 무릎에 묻은 흙을 털면서 몸을 일으키더니, 치맛자락을 살짝 들어 올리면서 우아하게 인사를 건넸다.

"우, 우후후, 오래간만이군요. 시도 씨. 토카 양."

쿠루미는 그렇게 말하면서 입술을 초승달 모양으로 만들었다. 쿠루미의 얼굴에 맺혀 있는 것은 보는 이들을 얼어붙게 만드는 처절한 미소……였지만, 어째선지 그녀의 이마에는 희미하게 땀방울이 맺혀 있었다.

"너, 이런데서 뭐, 뭘 하고 있는 거야……."

"……."

시도가 그렇게 말한 순간, 미소가 딱딱하게 얼어붙은 쿠루미는 잠시 동안 침묵한 후—.

"크, 크윽……."

이윽고 짜증을 내듯 머리를 쥐어뜯은 후, 딱! 소리가 나게 손가락을 튕겼다.

그 순간, 발치에 드리워진 그림자가 그녀의 몸을 감싸더니 — 피와 어둠의 빛깔로 된 드레스를 자아냈다. 영장(靈裝). 정령을 수호하는 절대적인 갑옷이다.

"아니—."

전투태세에 들어간 쿠루미는 토카가 안고 있는 고양이를 손가락으로 가리켰다.

"그, 그런 건 아무래도 상관없어요. 쓸데없는 소리 하지 말고 저에게 그 고양이를 넘겨주세요!"

"뭐? 고, 고양이……?"

쿠루미가 너무나도 느닷없이 뜬금없는 요구를 하자, 시도는 무심코 미간을 찌푸렸다.

바로 그때, 주위에 존재하는 그림자에서…….

"아~, 아~."

"결국 이렇게 되어버렸군요."

"처음부터 이랬으면 괜히 창피를 당하지도 않았을 텐데……."

……같은 말이 들려왔다. ……마음속이 너무 혼란스러운 탓에 환청이라도 들리는 걸까.

여전히 상황을 파악하지 못한 시도가 당혹스러운 표정을 짓고 있을 때, 토카가 경계심으로 가득 찬 시선을 쿠루미에게 보냈다.

"고양이……? 육구를 말하는 것이냐?"

"예. 그래요."

토카가 날카로운 어조로 한 말을 듣고서야 평소 페이스를 되찾은 쿠루미는 고개를 끄덕였다.

"저는 지금 이 자리에서 여러분과 싸울 생각은 없어요. 순순히 고양이를 넘겨주신다면 여러분에게 해를 끼치지 않고 이 자리를 떠날 것을 약속해드리겠어요."

"헛소리 하지 마라! 너 같은 녀석에게 넘겨줄까 보냐!"

토카는 고함을 지르면서 고양이를 감싸듯 팔에 힘을 줬다. 그러자 쿠루미는 손가락으로 자신의 입술을 훑으면서 요염한 미소를 지었다.

"어머어머, 용감하시군요. 하~, 지~, 만~ 지금의 당신 힘으로는 저를 막을 수 없을 텐데요~?"

"큭─."

토카는 얼굴을 찡그리면서 한 걸음 물러섰다.

사실 토카 또한 자신이 쿠루미를 이길 수 없다는 사실을 잘 알고 있다. 그녀는 일전에 쿠루미와 한 번 싸운 적이 있는데─ 오리가미, 마나와 같이 싸웠는데도 불구하고 패배하고 말았다. 지금 이 자리에서 전투를 벌인다면 토카와 시도가 이길 가능성은 만 분의 일도 채 되지 않으리라.

하지만, 시도는 이런 위기 상황 속에서도 다른 것이 계속 신경 쓰였다.

"쿠루미……."

"예? 왜 그러시죠?"

"으음…… 저기 말이야. 너는 왜 이 고양이를 노리는 거야?"

"……."

시도가 그렇게 묻자, 쿠루미는 미소를 입가에 머금은 채 어깨를 부르르 떨었다.

그렇다. 시도는 그 점이 이해가 되지 않았다.

이 고양이는 딱히 특별한 힘을 지닌 것처럼 보이지는 않았다. 한순간, 쿠루미가 지닌 광역 결계 〈시간을 먹는 성〉으로 이 고양이의 시간을 빨아먹으려는 걸까 하고도 생각했지만…… 인간에 비해 수명이 짧은 고양이에게 그런 짓을 하는 건 비효율적이리라.

"그건……."

"그건?"

쿠루미는 말끝을 흐리더니, 고개를 돌리면서 머리카락을 쓸어 올렸다.

"그건…… 시, 시도 씨의 상상에 맡기겠어요."

쿠루미가 대답을 회피하는 것처럼 그렇게 말하자, 시도는 미간을 더욱 좁혔다.

하지만 토카는 쿠루미의 말을 듣자마자 뭔가를 눈치챈 것처럼 눈을 치켜떴다.

"서, 설마, 너…… 육구의 육구를 육구로 만들어서 먹을 생각인 것이냐?!"

"그런 짓 안 해요! 다, 당신, 정말 무시무시한 상상을 하는군요!"

쿠루미는 더는 못 참겠다는 듯이 그렇게 외쳤다.

"……잠깐만, 그건 네가 할 소리가 아닌 것 같은데?"

시도가 식은땀을 흘리면서 그렇게 말하자, 쿠루미는 "크윽." 하고 낮은 신음을 흘리면서 눈썹을 찌푸렸다.

"아, 아무튼! 그 고양이를 넘겨주세요! 만약 저항한다면— 여러분의 목숨은 보장해드릴 수 없답니다~?"

쿠루미가 그렇게 말하면서 손을 들자, 그림자에서 튀어나온 총 두 자루가 그녀의 손에 쥐어졌다. 그녀는 한 손에 고풍스러운 단총, 그리고 다른 한 손에는 몸통이 긴 보병총을 쥐고 있었다.

하지만 그런 말을 들었다고 토카가 순순히 고양이를 내줄 리가 없었다. 그녀는 표정을 굳히더니 쿠루미를 노려보았다.

"육구를 너 같은 위험한 여자에게— 건네줄 수는…… 없다아아아앗!"

그리고 토카가 고함을 지른 순간, 그녀의 몸에서 옅은 빛이 뿜어져 나왔다. 토카는 시도에게 영력을 봉인 당했지만, 감정이 격해져서 정신 상태가 불안정해지면 두 사람 사이에 존재하는 파이프를 통해 영력이 역류하기도 했다.

바로 그 순간이었다.

토카의 품속에 있던 고양이가 커다란 고함소리와 정체불명의 빛 때문에 놀랐는지 그녀의 품에서 뛰어내리더니 골목 밖을 향해 뛰어나간 것이다.

"앗! 큰일 났다— 육구!"

깜짝 놀란 토카는 고함을 지르면서 허둥지둥 손을 뻗었다.

하지만— 그녀의 손은 닿지 않았다. 고양이는 토카의 손을 빠져나가듯 내달리더니, 그대로 차도로 뛰어들었다.

바로 그때, 마침 고양이를 향해 차 한 대가 달려오고 있었다.

"……윽!"

숨을 삼킨 시도는 무의식적으로 지면을 박차고 달려갔다.

그리고 차도로 뛰어든 고양이를 잡더니, 몸이 지면에 닿기 전에 그 조그마한 몸을 감싸 안았다. 그제야 운전사도 문제가 발생했다는 걸 눈치챈 것 같았다. 끼익 하고 급브레이크를 밟는 소리가 시도의 고막을 찔렀다.

"시도!"

그 뒤를 이어 토카의 비명 소리가 들렸다. 하지만— 아무리 영장을 현현시킨 토카가 몸을 날리더라도 이미 늦었다. 시도는 몸에 힘을 주면서 곧 자신을 덮칠 충격에 대비했다.

시도는 상상을 초월하는 회복 능력을 지니고 있다. 고통 자체는 줄지 않지만, 차에 부딪힌 정도로 죽지는 않을 것이다. 순식간에 각오를 다진 그는 어금니를 깨물었다.

하지만— 바로 그때였다.

"〈자프키엘〉—【일곱 번째 탄환】."

쿠루미의 목소리가 들려오더니, 시도의 몸은 차와 격돌하는 일 없이, 고양이를 끌어안은 채 지면 위를 굴렀다.

"어……?"

시도는 망연자실한 표정을 지으며 몸을 일으켰다. 그리고 차도를 달리던 자동차가 시도에게서 불과 몇 센티미터 떨어진 곳에 정지되어 있다는 사실을 눈치챘다.

정차한 것이 아니라— 정지되어 있는 것이었다.

그렇다. 다음 순간 시도와 부딪혔을 자동차는 마치 시간의 흐름에서 격리된 것처럼 완전히 정지되어 있었다. 급히 브레이크를 밟은 탓에 약간 앞쪽으로 기운 차체도, 변형된 타이어도, 운전석에 앉아있는 운전사의 경악에 찬 얼굴조차도, 완벽하게 정지되었다.

"이, 건……."

시도는 망연자실한 목소리로 중얼거렸다. 하지만 그는 이 믿기지 않는 광경이 눈에 익었다.

〈자프키엘〉—【자인】. 쿠루미의 천사가 지닌, 시간을 정지시키는 힘이다.

"어머어머, 왜 멍하니 그러고 계신 거죠?"

그 생각을 뒷받침하듯, 시도의 머리 위쪽에서 쿠루미의

목소리가 들려왔다.

다음 순간, 누군가에게 목덜미를 잡힌 시도는 그대로 인도 쪽으로 밀려났다.

"우왓······!"

너무 갑작스러워서 반응을 하지 못한 시도는 그대로 엉덩방아를 찧었다. 하지만 다음 순간, 시간의 흐름에서 벗어난 것처럼 멈춰있던 자동차가 날카로운 브레이크 소리를 내더니, 타이어에서 연기를 뿜으며 몇 십 센티미터를 전진한 후 ― 그제야 멈춰 섰다.

당황한 표정으로 차에서 내린 운전사는 주위를 두리번거리더니, 영문을 모르겠다는 듯이 고개를 갸웃거리면서 다시 차에 탄 후, 가던 길을 계속 갔다.

"시도! 괜찮으냐?!"

토카가 비명에 가까운 목소리로 외치면서 뛰어왔다. 시도는 무사하다는 사실을 알리려는 듯 손을 가볍게 흔들었다.

"미안하다. 내 주의가 부족한 탓에 네가 위험에 처하고 말았구나······!"

"토카 탓이 아냐. 그것보다, 방금 그건······."

시도가 미간을 살짝 찌푸리면서 말하자, 토카 또한 비슷한 표정을 지으면서 고개를 끄덕였다.

"으, 음. 쿠루미의 천사가 틀림없다."

"나를······ 구해준 거지? 대체 왜―"

시도가 당혹스러운 표정을 짓고 있을 때, 토카가 시도의 가슴팍을 손가락으로 가리키면서 외쳤다.

"앗! 시, 시도! 육구는 어디 간 것이냐?!"

"뭐? 어, 어라?"

자신의 손을 쳐다본 시도는 눈을 치켜떴다.

아까까지 시도가 꼭 안고 있었던 고양이가 어느새 사라져 버린 것이다.

바로 그때, 두 사람의 의문에 답하듯, 웃음소리가 들려왔다.

웃음소리가 들린 곳을 향해 고개를 돌려보니, 영장을 걸친 쿠루미가 눈에 들어왔다. —그녀는 예의 그 고양이를 안고 있었다.

"앗……! 쿠루미, 네 이 녀석—."

"우후후, 고양이는 제가 받아가겠어요. —그럼 시도 씨, 토카 양. 다음에 또 봐요."

쿠루미는 인사를 건넨 후, 고양이를 안은 채 발밑에 존재하는 그림자 안으로 들어갔다.

"큭—!"

토카가 허둥지둥 그녀를 쫓았지만— 한 발 늦고 말았다. 토카의 손이 닿기 직전, 쿠루미는 완전히 사라지고 만 것이다.

"크윽……, 유, 육구우우우우우우우우우우우!"

토카의 절규가 한낮의 마을 안에서 메아리쳤다.

◇

그 후, 시도와 토카는 당초의 예정대로 상점가로 향했지만…… 토카의 표정은 밝아지지 않았다.

쿠루미가 데리고 가버린 고양이가 걱정되는 것 같았다. 시도가 「저녁에는 토카가 좋아하는 걸 만들어줄게」라고 말해도, 「콩고물 빵을 얼마든지 사줄게」라고 말해도, 그녀는 넋이 나간 표정을 지은 채 건성으로 대답했다.

……솔직히 말해, 토카가 계속 이런 상태를 유지하는 것은 위험할지도 모른다. 〈라타토스크〉 측에 연락 해야겠다고 생각한 시도는 쇼핑을 일찌감치 끝낸 후 집으로 향했다.

"저기, 토카. 너무 마음에 담아두지 마."

"……음, 나는 괜찮으니 걱정하지 마라."

시도가 말을 건네자, 토카는 전혀 괜찮아 보이지 않는 얼굴로 대답했다. 시도는 식은땀을 흘리면서 난처하다는 듯이 미간을 좁혔다.

"으음……."

물론 시도도 고양이가 걱정되었다. 결국 쿠루미의 목적을 알아내지 못했기 때문이다.

하지만 시도는 토카의 정신 상태가 훨씬 더 걱정되었다. 그녀의 마음을 풀어줄 방법은 없을까…….

바로 그때였다.

"아······!"

시도가 그런 생각을 하며 걸음을 옮기고 있을 때, 토카가 갑자기 큰 목소리를 냈다.

"어? 토카, 왜 그래. 무슨 일이야?"

아까까지만 해도 가라앉아 있던 토카가 낸 그 목소리를 듣고 놀란 시도는 고개를 들었다. 그러자 토카가 눈을 동그랗게 뜬 채 앞쪽을 손가락으로 가리키고 있는 모습이 눈에 들어왔다.

그녀가 가리킨 곳에는 조그마한 여자애가 빨간색 목줄을 찬 삼색 얼룩 고양이를 안은 채 걷고 있었다.

"유, 육구다!"

"뭐? 그럴 리가—."

그럴 리가 없어, 하고 시도가 말하기도 전에, 토카는 내달리기 시작했다.

그리고 그 여자애에게 다가가더니, 손가락으로 고양이의 말랑말랑한 발바닥을 눌러봤다.

"아! 트, 틀림없다! 육구가 분명하다!"

"뭐, 뭐어?"

시도는 미심쩍다는 듯이 눈을 가늘게 뜨면서 그 고양이를 살펴봤다. —확실히 많이 닮은 것 같았다.

"저, 저기······ 왜 그러세요?"

시도는 그제야 고양이를 안고 있던 여자애가 불안한 표정을 짓고 있다는 사실을 눈치챘다. 그럴 만도 했다. 갑자기 처음 보는 남녀가 뛰어와서 고양이의 발바닥을 만져대고 있으니까 말이다.

　"아, 저기…… 미안해."

　시도는 사과를 한 후, 말을 이었다.

　"저기…… 뭐 하나만 물어볼게. 이 고양이, 네 애완동물이니?"

　시도가 묻자, 그 여자애는 머뭇거리면서 고개를 끄덕였다.

　"예…… 그런, 데요."

　"거 봐, 역시 아니잖아. ─그리고 잘 봐. 이 고양이, 다리를 다치지 않았다고."

　시도는 고양이의 왼쪽 뒷발을 손가락으로 가리켰다.

　아까 그 고양이와 달리, 이 고양이의 몸에는 생채기 하나 없었다. 확실히 많이 닮기는 했지만 분명 딴 사람, 아니 딴 고양이다.

　"아니! 그럴 리가 없다! 이 감촉으로 볼 때, 이 녀석은 틀림없는 육구다!"

　"어, 어이어이……."

　토카가 고집을 피우며 고개를 세차게 내젓자, 여자애는 뭔가를 눈치챈 것처럼 "아." 하고 말했다.

　"혹시…… 언니랑 오빠도 마리를 봤나요?"

"마리?"

"이 애의 이름이에요. 실은…… 며칠 전에 행방불명이 됐었는데…… 아까 예쁜 언니가 찾아줬어요."

"뭐……?"

시도는 무심코 의아한 표정을 지었다.

그리고 다시 한 번, 고양이의 왼쪽 뒷발을 쳐다보았다.

—마치 시간을 되돌리기라도 한 것처럼, 깨끗하게 상처가 사라진 뒷발을 말이다.

"……에이, 말도…… 안 돼."

시도는 작은 목소리로 중얼거리면서 볼을 긁적였다.

마나 미션

MissionMANA

DATE A LIVE ENCORE 4

"—하앗!"

타카미야 마나는 힘찬 기합을 내지르며 레이저 블레이드를 휘둘렀다.

그러자 마력으로 생성된 빛의 칼날이, 마찬가지로 마력으로 만들어낸 임의 영역에 닿으면서 불똥 같은 빛을 흩뿌렸다.

하지만 그것은 진짜 불똥이 아니었다. 레이저 블레이드와 테리터리를 생성한 마력이 강렬한 부하에 의해 서로를 갉아냈고, 그 파편이 주위의 공간에 흩뿌려지고 있는 것이다.

물론 계속 격돌하면 할수록, 서로의 마력은 깎여 나갈 것이며— 결과적으로 마력 생성량이 많은 쪽이 승리하게 된다.

"큭……."

그 사실은 상대도 알고 있는 것 같았다. 테리터리를 전개한 여성은 고통스러운지, 그리고 분노가 치미는지 눈썹을 찌푸리면서 레이저 캐논의 방아쇠를 당겼다.

포구를 상대의 몸에 대다시피 한 상태에서 포격을 날린 것이다. 보통은 정통으로 맞고 말 것이다.

"하앗—."

하지만 마나는 짧게 숨을 내쉰 후, 몸 주위에 두른 테리터리를 조작했다. 레이저 캐논에서 방출된 마력이 테리터리의 표면을 미끄러지게 한 것이다.

"아닛……!"

포격을 날린 여성의 입에서 당황한 목소리가 흘러나왔다. 그 순간, 마나가 쥔 레이저 블레이드의 끝 부분은 그녀의 목덜미에 닿아 있었다.

"—어떤가요. 이 상황에 대처할 방법이 있나요? 없다면— 이걸로 끝이에요."

"크윽……."

마나가 그렇게 말하자, 상대는 분하다는 듯이 이를 갈았다. 그리고 투덜거리면서 양손을 들어올렸다.

그 순간, 주위에 펼쳐진 경치가 사라지더니 새하얀 벽과 바닥, 그리고 천장으로 된 넓은 홀 같은 공간으로 변모했다.

아니— 정확하게 표현하자면 원래대로 되돌아왔다는 편이 정확할지도 모른다.

그것도 그럴 것이 마나가 지금까지 싸우고 있었던 곳은 DEM인더스트리 사내에 설치된 전투 시뮬레이터 안인 것이다.

"휴우."

마나는 작게 한숨을 내쉬면서 뇌에 지령을 내렸다. 그러자 마나가 착용한 새하얀 CR-유닛 〈무라쿠모〉가 옅은 빛을 뿜으면서 사라지더니, 그것을 대신하듯 DEM사의 제복이 그녀의 몸을 감쌌다.

벽 한편에 설치된 거울 앞에 선 마나는 흐트러진 머리카락을 정리했다. 거울 안에는 아담한 체구를 지닌 눈에 익은 소녀가 서 있었다. 나이는 열셋, 열넷 정도일까(사실 본인도 정확한 나이를 알지 못한다). 머리카락을 하나로 모아 묶었으며, 왼쪽 눈 밑에 있는 눈물점이 인상적이었다. 전투 전이나 지금이나 자신의 모습에는 별반 차이가 없었다.

"좋아. —그럼 이만 가볼게요."

"기, 기다려!"

마나가 손을 흔들면서 시뮬레이터 홀에서 나가려 하자, 웨일즈 사투리가 섞인 영어가 들려왔다.

마나가 귀찮다는 듯이 미간을 찌푸리며 뒤돌아보니, 예상대로 방금까지 그녀가 상대했던 장신의 여성이 언짢은 표정을 지은 채 서있었다. 웨이브진 붉은색 머리카락과 주근깨가 희미하게 남아있는 얼굴. 길게 찢어진 눈은 여우를 연상케 했다.

제시카 베일리. DEM사 제2집행부대에 소속된 마나의 동료다.

"아직 할 말이 남았나요?"

"당연하지! 이기고 멋대로 도망치지 말라구!"

제시카는 핏발 선 눈으로 마나를 노려보았다. 그 시선을 받은 마나는 하아 하고 땅이 꺼져라 한숨을 내쉬었다.

"이기고 도망친다고요? ……내가 볼일이 있다고 그렇게 말했는데도, 당신이 승부를 하자고 하도 매달려서 받아줬던 거잖아요. 그리고 딱 한 번만 하기로 약속했었을 텐데요. 빨리 가지 않으면 은행이 문닫아버린다고요."

"시, 시끄러워! 그 한 번은 내가 한 번 이길 때까지라구!"

"……당치도 않은 소리를 지껄이는군요."

마나는 어이없다는 듯이 한숨을 내쉬었다. 하지만 제시카는 개의치 않는다는 듯이 마나를 손가락으로 가리키며 말했다.

"애당초 왜 너 같은 동양인 계집애가 영광스러운 아뎁투스 넘버인 거야?! 게다가 아뎁투스2……?! 3인 나보다 넘버가 위잖아……!"

"그걸 내가 어떻게 알아요. 그리고 그딴 소리는 사장님이나 부장님에게 하라고요. 나는 2든 3이든 상관없으니까요."

마나가 그렇게 말하자, 제시카는 뭔가를 눈치챈 것처럼 깜짝 놀란 표정을 지었다.

"앗! 그 자신감…… 서, 설마, 너……!"

"예?"

"그래……. 전부터 이상하다고 생각하긴 했는데, 그렇게 된 거였구나. 정말 더러운 계집애네……! 너, 웨스트코트 님에게 미인계를 써서, 지금의 지위를……!"

"……우와~. 우리 사장님, 설마 로리콘이었어요?"

"말도 안 되는 소리 하지 마! 웨스트코트 님을 모욕하지 말라구!"

"……저기, 방금 엄청 완곡하게 사장님을 모욕한 사람을 한 명 아는데 말이죠……."

마나가 난감하다는 듯이 볼을 긁적이고 있을 때, 홀의 자동문이 열리더니 한 소녀가 시뮬레이터 홀 안으로 들어왔다.

검은색 정장을 입은 열여덟 살 정도의 소녀였다. 노르딕 블론드라 불리는 금발과 새하얀 피부, 그리고 얼굴 한가운데에 존재하는 푸른 눈동자가 인상적이었다.

"—여기서 뭘 하고 있는 거죠? 두 사람 다 시뮬레이터의 사용 신청은 하지 않은 것으로 알고 있습니다만……."

그녀는 차분한 목소리로 말하면서 마나와 제시카를 쳐다보았다.

그러자 방금까지 멋대로 지껄여대고 있던 제시카가 어깨를 부르르 떨더니, 진땀을 흘리면서 자세를 고쳤다.

뭐, 그러는 것도 무리는 아닐 것이다. 지금 마나와 제시카의 앞에 서있는 소녀야말로 DEM인더스트리 제2집행부 부장이자 세계 최강의 위저드— 엘렌 M 메이저스니까 말이다.

"그, 그게…… 그러니까, 훈련을 하고 있다고나 할까요……."

제시카는 우물쭈물하면서 변명을 하기 시작했다.

마나는 "아." 하고 짧게 말하더니, 손뼉을 쳤다.

"그게 말이죠. 제시카가 자기보다 서열이 위인 위저드를 가만 놔둘 수 없다네요."

"뭐……?!"

마나가 느닷없이 그렇게 말하자, 제시카는 믿기지 않는 소리를 들은 표정을 지으며 그녀를 쳐다보았다. 하지만 마나는 개의치 않으면서 말을 이었다.

"그리고, 이 승부에서 이긴 사람이 아뎁투스2야! 같은 소리도 했어요. 게다가 그 다음에는 메이저스 집행부장을 쓰러뜨리고 세계 최강이 되겠어! 라고도 했던가요."

"잠깐…… 무슨 소리를 하는 거야?! 앞부분은 몰라도, 나는 세계 최강이 되겠다고는 한 마디도—"

"호오……?"

엘렌이 가늘게 뜬 눈으로 제시카를 쳐다보았다. 그러자 제시카는 "히익." 하는 소리를 내며 숨을 삼키더니, 그대로 온몸을 부들부들 떨기 시작했다.

"저를 쓰러뜨리고 세계 최강이 되겠다는 건가요. ……후후, 얼마 만에 그런 말을 들은 건지 모르겠군요. 그 향상심은 높이 사죠. —좋아요. 특별히 제가 직접 상대해드리겠습니다."

"아, 아니, 잠깐만……."

제시카는 식은땀을 줄줄 흘리면서 뒷걸음질 쳤다. 하지만 엘렌은 생각을 바꾸지 않았다. 딱 하는 소리를 내며 손가락을 튕긴 순간, 엘렌이 걸친 검은색 정장이 빛을 뿜으며 사라지더니, 왕의 이름을 지닌 백금색 CR-유닛 〈펜드래건〉이 그녀의 몸을 감쌌다.

"그럼 나는 이만 실례할게요."

마나는 엘렌의 등과 울상을 짓고 있는 제시카를 향해 손을 흔든 후, 시뮬레이터 홀을 나섰다.

그와 동시에 홀 내부에는 아까와 마찬가지로 바깥 경치가 펼쳐졌다. 그리고 외부에 설치된 스피커에서 제시카의 새된 비명이 흘러나왔다.

『끼, 끼야아아아아아아아아아아아아아앗?!』

『물러요. 너무 무르군요, 베일리. 그 정도 실력으로 세계 최강을 자처하려고 한 건가요?』

『그러니까, 그런 소리는 안 했다고요오오오오오오오……!』

"……"

좀 심한 짓을 한 건지도 모른다는 생각이 든 마나는 합장을 하면서 고개를 살짝 숙인 후, 그곳을 벗어났다.

그리고 로커에서 옷을 갈아입은 그녀는 건물 밖으로 나갔다. 런던에서 가장 땅값이 비싼 지역에 존재하는 DEM인더스

트리 영국 본사. 그곳이 마나의 직장이자— 그녀를 주워준 곳이기도 했다.

"……"

거대한 본사 빌딩을 올려다보며 호주머니에 손을 집어넣은 마나는 자그마한 로켓(locket)을 꺼냈다.

그 안에는 어린 남매가 찍힌 사진이 들어 있었다.

그 중 한 사람은— 마나였다. 그리고 다른 한 사람은 생이별한 마나의 오빠다.

"오라버니……"

마나는 중얼거리면서 로켓을 움켜쥐었다. —그것은 마나의 과거에 대한 유일한 단서였다.

그렇다. 마나는 옛날 기억이 없었다. 어째서 영국에 있는 건지, 어째서 위저드로서의 뛰어난 적성을 지녔는지에 대해 전부 잊은 것이다.

그런 마나를 도와준 곳이 바로 DEM인더스트리였다. 이 회사가 없었다면, 갈 곳 없는 마나는 길거리를 헤매야했으리라.

"자……"

계속 감상에 젖어있을 수는 없다고 생각한 마나는 작게 한숨을 내쉰 후, 들고 있던 로켓을 다시 쳐다보았다.

유심히 보니, 그 로켓은 체인 부분이 부서져서 목에 걸 수 없었다.

오늘은 이것을 수리하러 가기 위해 서두르고 있었는데, 제시카와 마주쳐 괜한 시간을 낭비하고 말았다.

마나가 알아보니, 이 마을의 외곽에는 솜씨 좋은 수리공이 있다고 한다. 그녀는 로켓을 다시 호주머니에 넣은 후, 그곳을 향해 발길을 돌렸다.

"아, 그러고 보니……."

불현듯 걸음을 멈춘 마나는 지갑을 꺼내 안을 살펴보았다. ……안에는 동전 몇 개만 있었다. 체인을 고치는 데 거금이 들 것 같지는 않지만, 그래도 이 정도 돈으로는 왠지 부족할 것 같았다.

"우선 은행에 가야겠네요."

마나는 그렇게 중얼거리면서 은행을 향해 걸음을 옮겼다.

"하아……, 하아……. 기, 기브업……."

반강제적으로 훈련이 시작되고 몇 십 분이 흐른 후…….

땀범벅이 된 제시카가 지면에 쓰러진 순간, 홀 안에 펼쳐져 있던 경치가 사라지더니, 원래의 새하얀 벽이 모습을 드러냈다.

"어머, 겨우 이 정도로 끝인가요?"

엘렌은 작게 한숨을 내쉬면서 말한 후, 또 손가락을 튕겼다. 그러자 엘렌의 복장이 백금색 갑옷에서 검은색 정장으로 되돌아갔다.

"그 정도 실력으로 젊어질 수 있을 만큼, 세계 최강이라는 호칭은 가볍지 않습니다."

"그, 그러니까, 저는 그런 소리를 한 적이······!"

비틀거리면서 고개를 든 제시카는 애원하는 듯한 목소리로 말했다.

하지만 그녀는 말을 끝까지 잇지 못했다. 제시카의 말을 막듯, 홀 안에 설치된 스피커에서 음성이 흘러나왔기 때문이다.

『제2집행부 3역(役)은 즉시 제1집무실로 와주십시오. 다시한 번 말씀드립니다. 제2집행부 3역은―.』

"······."

그 말을 들은 순간, 엘렌의 눈썹이 희미하게 움직였다.

제2집행부 3역이란 DEM이 소유한 어둠의 실행 부대인 아뎁투스 넘버 중 상위 세 명을 가리키는 말이다. 실제로 그런 직책이 있는 것은 아니다.

즉 엘렌, 마나, 제시카, 세 사람을 가리키는 말인 것이다. 그것은 시급을 요하는 사태가 벌어졌다는 사실을 뜻했다. 그게 가벼운 상황일 리가 없었다.

"가죠, 베일리."

"아, 예······!"

제시카는 고개를 끄덕이더니 머릿속으로 지령을 내려 몸에 걸친 와이어링 슈트를 DEM의 제복으로 변모시킨 후, 엘렌의 뒤를 따랐다.

　그리고 불안정한 걸음걸이로 엘리베이터에 타고, 집무실로 향했다.

　"—실례하겠습니다."

　"실례하겠습니다."

　두 사람은 그렇게 말한 후, 집무실 안으로 들어갔다.

　방 안에는 칠흑빛 정장을 걸친 남자 한 명이 의자에 앉아 있었다. 애시블론드빛 머리카락과 날카로운 눈빛을 지닌 그는 DEM인더스트리의 상무이사인 아이작 웨스트코트였다.

　"아, 와줘서 고맙네."

　"아닙니다."

　"과분한 말씀입니다."

　엘렌과 제시카가 말하자, 웨스트코트는 고개를 살짝 갸웃거렸다.

　"제시카, 꽤 초췌해진 것 같은데 혹시 무슨 일 있었나?"

　"아, 아뇨. 저기…… 서둘러 오느라……."

　"아, 그거 미안하게 됐군."

　"다, 당치도 않습니다. 그것보다, 무슨 일로 부르신 건지요?"

　제시카는 화제를 바꾸기 위해 식은땀을 흘리면서 말했다.

그러자 웨스트코트는 고개를 끄덕이면서 말했다.

"아, 맞아. 방금 경찰 측에서 협력 요청이 들어왔네."

"경찰 측에서 말입니까?"

"그래. 이 도시의 은행에 강도가 들었다더군. 은행원과 손님을 합쳐 약 백 명 정도의 인질을 잡고 농성 중인 것 같아. 그래서 나와 친분이 있는 이 지역의 서장이 DEM에 소속된 위저드의 힘을 빌리고 싶다면서 타진을 해왔지."

웨스트코트는 말을 이으면서 어깨를 으쓱했다.

긴급 장착 디바이스를 지닌 위저드라면 비무장 상태로 은행에 들어 갈 수 있어 범인들도 경계하지 않을 테니, 확실히 이런 상황에서는 적임자일 것이다. ……물론 위저드의 존재는 기밀 상황이니 인질과 매스컴의 눈에 띠지 않게 움직일 필요가 있지만 말이다.

하지만 제시카의 옆에 서있는 엘렌은 이해가 되지 않는 표정을 지으며 입을 열었다.

"숫자 자체는 적지만 경찰국에도 위저드가 있을 텐데요. 그런데 왜 저희에게 타진을 해온 거죠?"

엘렌이 묻자, 웨스트코트는 가늘게 숨을 내쉬면서 고개를 살짝 숙였다.

"범행 그룹 안에 위저드가 몇 명 있거든."

"그렇군요. 하지만 그렇다고 해도 내부의 위저드를 동원하면 될 텐데요. 만약 숫자가 모자라다면 대정령부대에 지원

요청을 하면 될 겁니다. 게다가 그곳에는 아르테미시아 애시크로프트가 있죠. 그녀라면 혼자서도 충분히 해결할 수 있을 겁니다."

"뭐, 그런 그렇지."

웨스트코트는 어깨를 으쓱했다. 바로 그때, 제시카는 고개를 갸웃거리며 입을 열었다.

"그건 그렇고, 그 위저드들은 어디 소속이죠?"

위저드는 단순히 손바닥에서 불덩이가 나오는 인간을 가리키는 말이 아니다. 외과 수술로 뇌에 전자부품을 심어, 현현장치(顯現裝置)를 다룰 수 있게 된 인간을 가리키는 총칭이다. DEM 그리고 국가기관에 소속되어 있지 않다면 그 수술 자체를 받을 수 없다. 소속 불명의 위저드가 존재할 리가 없는 것이다.

"아, 지난달에 SSS에서 스카우트해온 샤를로트 마이어와 다른 두 사람을 기억하나?"

"리얼라이저를 악용해 문제를 일으켜 처분 당하기 일보 직전이었던 그들을 당신이 주워왔었죠."

"그래. 바로 그녀들 말이야."

"설마……."

엘렌은 미간을 살짝 찌푸렸다. 그 모습을 본 웨스트코트는 작게 웃음을 터뜨렸다.

"정말 생각대로 되는 일이 없군."

"이러니까 문제 있는 이들을 거둬들이면 안 된다고 제가 그렇게 말했지 않습니까."

"재능 있는 위저드가 단순한 인간으로 되돌려지는 건 막고 싶었거든."

웨스트코트가 그렇게 말하자, 엘렌은 표정을 바꾸지 않은 채 한숨을 내쉬었다.

"……으음, 그러니까 우리 측 사람이 벌인 일이라는 건가요?"

"뭐, 간단히 말하자면 그런 거지."

웨스트코트는 말을 이으면서 또 어깨를 으쓱했다.

"입사한지 얼마 되지 않았다고 해도 DEM의 사원이라는 사실에는 변함이 없어. 그러니 우리 측에서 적절하게 손을 써야만 하겠지. —그런데, 마나는 어디 있지? 그녀가 이 일에 적임이라고 생각했는데 말이야."

웨스트코트는 그렇게 말하면서 엘렌과 제시카에게 번갈아 시선을 보냈다. 중학생 정도로 보이는 여자애가 상대라면 적도 방심할 것이다. 하지만 지금은—.

"아…… 그러고 보니, 아까 외출했어요."

"외출? 어디에 갔지?"

"으음…… 은행에 간다고 했었어요."

제시카는 그렇게 말한 후, "아." 하고 소리 내며 눈을 크게 떴다.

"……어쩌다 이렇게 되어버린 걸까요."

은행 1층 로비.

양손을 등 뒤로 돌린 채 꽁꽁 묶인 마나는 도끼눈을 뜬 채 투덜거리듯 중얼거렸다.

주위에는 마나처럼 손을 묶인 손님과 은행원이 몇 명 있었고, 그들을 감시하듯 복면을 쓴 남자 몇 명이 총을 든 채 주위를 어슬렁거리고 있었다.

그렇다. 마나가 돈을 찾기 위해 은행에 들어간 직후, 무장을 한 집단이 로비에 쳐들어와서 은행을 점거한 것이다.

그리고 이러쿵저러쿵 하는 사이 손님은 전부 묶였고, 입구 셔터는 내려져 농성 상태가 되었다. 밖에서 들려오는 사이렌 소리와 확성기를 통한 경찰의 목소리, 그리고 인질로 잡힌 어린 여자애의 울음소리가 마나의 고막을 흔들었다.

"……."

마나는 아무 말 없이 복면을 쓴 범인들의 동향을 살폈다.

로비에 있는 범인은 다섯 명 정도로 보였다. 그들은 은행원을 협박해 돈을 빼앗고 있으며, 정면에 앉아있는 남자의 발치에는 고액의 지폐가 가득 들어있는 보스턴백이 놓여 있었다.

그 모습을 본 마나는 고개를 갸웃거렸다. 범인들은 이미 목적을 달성했다. 그런데도 그들은 일부러 정면 입구의 셔터를 내린 후, 은행에서 농성을 벌이고 있었다.

경찰이 예상보다 빠르게 움직여서 도망치지 못한 거라는 생각이 들었지만, 그런 것 치고는 범인들에게서 당황한 기색이 너무 없었다. 그들에게서는 여유마저 느껴졌다.

—뭔가 다른 목적……이 있는 걸까. 게다가 그 목적을 달성한 후 도망칠 수단도 이미 준비해뒀나……?

바로 그때, 마나는 그들의 숫자가 은행에 쳐들어왔을 때보다 적다는 사실을 눈치챘다.

처음에는 그들 외에도 몇 명이 더 있었지만, 지금은 보이지 않았다. 단순히 마나의 위치에서는 보이지 않는 것일까. 아니면…….

"……뭐, 그런 생각을 해봤자 아무 소용없지만요."

마나는 범인들에게 들리지 않을 만큼 작은 목소리로 그렇게 중얼거린 후, 벽에 기댔다.

일단 긴급 장착 디바이스는 몰래 가지고 있고, 마음만 먹으면 이 정도 인원은 간단히 처리할 수 있지만…… 이렇게 많은 사람들이 보는 앞에서 와이어링 슈트를 장착할 수는 없다.

게다가 이곳은 천하의 시티 오브 런던이다. 경찰은 물론이고 DEM도 자기들 앞마당에서 이런 난리가 벌어졌는데 가만히 보고 있을 리가 없다. 게다가 현장에 마나가 있다는 사실을 알면 알아서 손을 쓸 것이다. 그렇게 생각한 마나는 그냥 방관하기로 결심했다.

하지만—.

"—아아, 거 되게 시끄럽네!"

범인 중 한 명이 짜증을 내면서 책상을 걷어찼다. 책상에 놓여 있던 펜 꽂이가 소리를 내면서 바닥에 떨어졌다.

아무래도 일질 중 한 명인 여자애의 울음소리가 거슬렸던 것 같았다. 인질들이 모여 있는 곳으로 온 그 범인은 대구경 권총으로 여자애를 겨눴다.

"좀 닥쳐. 안 그러면 내가 닥치게 만들어 주마."

"우, 에, 엥……. 우에에에에에에에에에엥……!"

하지만 그것은 역효과를 냈다. 총을 본 여자애는 한층 더 큰 목소리로 울기 시작했다.

"이게……!"

"어이, 진정해. 괜한 살생은 하지 말라는 보스의 말을 잊은 거야?"

분노한 남자가 그 여자애의 관자놀이에 총구를 대자, 다른 범인이 그를 말리듯 입을 열었다.

그러자 그는 혀를 찬 후, 여자애에게서 총을 뗐다. 하지만 곧 발을 뒤쪽으로 쭉 뺐다. 마치 축구공을 차듯이 말이다.

"그럼 죽이지만 않으면 되겠네. 그렇지?"

그리고 그렇게 말한 그는 여자애의 머리를 걷어차려는 듯이 발을 휘둘렀다.

"꺄아……!"

여자애는 짧은 비명을 지르면서 눈을 감았다.

하지만— 불상사는 발생하지 않았다.

남자의 발끝이 여자애의 머리에 닿기 직전, 그가 갑자기 움직임을 멈췄던 것이다.

"어……?"

"뭐, 뭐가 어떻게 된 거야……. 모, 몸이 움직이지—."

그는 말을 끝까지 잇지 못했다. 하지만 그것도 무리는 아니었다. 왜냐하면—.

"……하아. 그냥 방관할 생각이었는데 말이죠……."

방금까지 손이 묶여 있었던 소녀가 자신의 발을 한 손으로 간단히 막아낸 것이다.

"아니, 너—."

"좀 조용히 하세요."

마나는 한숨을 내쉬면서 그렇게 말한 후, 남자의 다리를 막은 손을 아래쪽으로 내렸다.

그러자 남자의 몸이 허리를 중심으로 세로 방향으로 회전하더니, 그대로 지면에 머리를 부딪쳤다. 남자는 신음 소리조차 내지 못한 채 기절하고 말았다.

주위에 있던 인질들은 어안이 벙벙하다는 눈길로 그 광경을 지켜봤다. 뭐, 그것도 무리는 아니었다. 그들의 눈에는 조그마한 소녀가 거한을 쓰러뜨린 것처럼 보였으리라.

하지만 마나는 완력으로 그 남자를 쓰러뜨린 게 아니었다. DEM 안에서도 일부 고위 위저드는 와이어링 슈트 없이도 일정시간 동안 테리터리를 전개할 수 있다. 방금도 마나는 머릿속으로 남자의 몸을 회전시킨 것이었다. 마음만 먹으면 손가락 하나 까딱하지 않고 상대를 제압할 수도 있다. ……뭐, 인질들이 보는 앞에서 그런 비현실적인 형상을 일으킬 수는 없기에, 변명의 여지 정도는 만들어둘 필요가 있지만 말이다.

"앗…… 이 녀석, 대체 무슨 짓을 한 거냐?!"

곧 다른 범인들도 이 상황을 눈치챈 것 같았다. 느슨해져 있던 표정을 긴장으로 딱딱하게 굳힌 그들은 마나를 향해 일제히 총을 들었다.

"하아……. 뭐, 이미 나섰으니 어쩔 수 없죠."

마나는 고개를 저으며 어깨를 으쓱한 후, 가볍게 바닥을 박찼다. ―테리터리를 조작한 마나는 순식간에 총을 든 남자에게 가까이 다가갔다.

"어……?"

그 남자가 얼빠진 소리를 낸 순간, 마나의 주먹의 남자의 명치에 꽂혔다. 그는 눈을 동그랗게 뜬 채 그 자리에서 쓰러졌다.

그 후의 작업은 간단했다. 오른편에 있는 남자의 연수에

발꿈치 찍기를 날렸고, 왼편에 있는 남자의 급소에 찌르기를 날렸다. 그렇게 상대를 차례차례 기절시켰다.

그리고 마지막으로 남은 남자에게 육박한 마나는 그가 쥔 총을 쳐낸 후, 팔을 꺾으면서 그대로 바닥에 쓰러뜨렸다.

"아, 아야야야얏!"

"우는 소리 좀 내지 말라고요. 그것보다 물어볼 게 있어요. 당신네들 동료 중 몇 명이 보이지 않네요. 대체 당신들의 목적은 뭐죠?"

마나가 심문하듯 묻자, 남자는 웃음을 터뜨렸다.

"흥, 그걸 말해줄 것—."

"에잇."

"으아악!"

마나가 팔을 더욱 세게 비틀자, 남자는 한심하게도 비명을 질렀다.

"그, 금고에 있는 돈이에요……. 보스가 지하 금고의 돈을 전부 훔치자고……."

"금고의 돈을요……? 제정신이에요? 열 수 있을 리가 없잖아요. 설령 훔치는데 성공하더라도, 그런 짐을 들고 무사히 도망칠 수 있을 것 같아요?"

"헤, 헤헤……. 상상력이 빈곤하네. 우리 보스가 그 정도도 생각해두지 않았을 것 같아?"

"흐음. 그런 어떤 방법을 쓸 거죠?"

"너, 바보냐? 그걸 말해줄 리가ー."

"이얍."

"끄아아아아앗! 보, 보스는 위저드예요오오오……. 그래서, 금고의 금을 훔친 다음에는, 정면 현관을 통해 당당히 걸어 나가면 된다고……."

"……윽! 뭐라고요?"

마나는 그 남자의 말을 듣고 미간을 찌푸렸다.

바로 그 순간, 호주머니에 넣어둔 핸드폰이 진동하기 시작했다.

"어……."

귀찮다는 듯이 미간을 찌푸린 마나는 잠시 동안 생각에 잠겼다. 그리고 그 남자의 목덜미를 손날로 날려 기절시킨 그녀는 전화를 받았다.

"여보세요?"

『ー메이저스입니다. 지금 어디 있죠?』

핸드폰에서 엘렌의 목소리가 흘러나왔다. 불길한 예감을 받은 마나는 인상을 찡그리면서 말했다.

"……은행인데요. 무슨 일 있나요?"

『마침 잘 됐군요. 시내의 은행에서 강도 사건이 발생했습니다. 주모자는 위저드, 샤를로트 마이어. DEM의 신입이죠.』

"우리 쪽의 신입이라고요?"

『예. 그러니 가급적 신속하게 처리해줬으면 합니다.』

"……알았어요."

예감이 적중했다. 적절하기 그지없는 타이밍에 내려진 지령이었다.

한숨을 내쉬면서 핸드폰을 집어넣은 마나는 몸을 일으키더니, 볼을 찰싹 소리가 나게 두드렸다.

"어쩔 수 없네요. ─후딱 끝내버려야겠어요."

"─그런데 말이야. 은행 금고에는 돈이 얼마나 들어있는 거야?"

"아앙? 그야…… 엄청 많겠지."

"그러니까 그게 얼마나 되냐 말이야. 100만 파운드 정도야?"

"멍청아. 그것밖에 안 될 리가 없잖아. 적어도 그 열 배는 될 걸?"

"뭐?! 정말?! 1억 파운드나 된다고?!"

"인마, 계산이 틀렸잖아."

1층 로비의 카운터 뒤편에 있는 관계자용 통로 끝에는 지하로 이어지는 문이 있었다. 그리고 그 문 앞에서는, 색깔만 다르고 디자인이 같은 복면을 쓴 남자 두 명이 얼간이 같은 대화를 나누고 있었다.

하지만 그들이 이렇게 느슨해지는 것도 무리는 아니었다.

보초랍시고 저 두 사람을 배치한 거겠지만, 로비를 완전히 제압한 데다, 경비원들도 전부 묶어 놨다. 그리고 인질이 있으니 경찰도 함부로 움직이지 못할 것이다.

게다가— 지하에서 『일』을 하고 있는 그들의 보스는 불가사의한 힘을 지녔다. 설령 경관들이 안에 들어오더라도 전혀 문제가 없었다. 긴장이 풀리는 게 당연할 것이다.

"그 정도면 우리도 다시 시작할 수 있겠지……?"

"당연하지. 이 빌어먹을 생활과도 작별하는 거라고."

"나, 나는 돈이 들어오면 일본에 갈 거야. 그리고 아키하바라에서 살 거라고."

"일본? 뭐, 괜찮을 것 같은데? 이렇게 큰 사건을 일으켰으니 이 나라에는 있을 수 없을 테니까 말이야. 그런데 왜 하필 일본이야?"

"그게…… 미스티를 만나고 싶거든."

"미스티?"

"『왈큐레 미스티』 몰라? 엄청 인기 있는 방송이야. 매주 일요일 밤이 되면, 아침에 일본에서 방송된 최신화가 번역되어서 동영상 사이트에 올라와. 평소에는 평범한 여자애인 주인공은 위기에 처하면 빛의 힘을 통해 왈큐레로 변신해 거대한 적을 쓰러뜨린다고."

"……하지만 그건 애니메이션^{카툰}이지? 그 미스티라는 애가 실제로 존재하는 건 아니잖아. 어린 여자애가 커다란 적을 쓰러뜨린다는 게 말이 되냐고."

"무슨 소리를 하는 거야. 일본의 여자애는 특별하다고. 조그마한 몸 안에 사랑의 힘을 가득 담고 있단 말이야. 너도 일본 애니메이션을 보면 내 말이 이해가 될 거야."

"……그, 그래?"

키가 큰 남자는 볼을 긁적였다. 하지만— 눈썹이 희미하게 움직이더니, 복도 끝을 쳐다보았다.

이유는 단순했다. 그곳에 있는 사람이 눈에 들어왔기 때문이다. 그 사람은 조그마한 체구의 소녀였다. 머리색과 외모로 볼 때 아시아계 같아 보였다.

"다른 녀석들은 뭘 하고 있는 거야?"

"뭐, 화장실에라도 간 거 아냐?"

방금까지 열띤 목소리로 이야기를 하던 뚱뚱한 남자는 어깨를 으쓱하면서 말했다. 키가 큰 남자는 총을 들어 보이면서 그 소녀에게 말을 건넸다.

"어이, 아가씨. 이게 보이지? 미안하지만 여기는 통행금지야. 총 맞고 싶지 않으면 로비로—"

하지만 그 소녀는 남자의 말을 들은 척도 하지 않으면서 성큼성큼 걸음을 옮겼다.

"이게……!"

장신의 남자는 양손으로 총을 들었다. 그러자 뚱뚱한 남자가 허둥지둥 그를 말렸다.

"자, 잠깐만. 성급하게 행동하지 마."

"나도 알아. 죽이지는 않을 거야. 저 세상 물정 모르는 꼬맹이의 다리에 이걸 한 방 날려주려는 것뿐이라고."

"그게 아니라, 만약 일본 여자애라면 어쩔 건데!"

"……당연히 쏴버려야지."

장신의 남자는 그렇게 말하면서 방아쇠를 당겼다. 커다란 소리가 나더니, 복도에 불똥이 튀었다. 하지만 그 소녀는 개의치 않으면서 계속 걸음을 옮겼다.

"뭐, 뭐야. 위협사격이었어? 깜짝 놀랐잖아."

"아, 아냐. 나는 제대로 노리고—"

바로 그때, 소녀가 순식간에 다가오더니 장신의 남자를 손등으로 밀쳐내듯 가볍게 팔을 휘둘렀다. 그러자 남자의 몸이 왼쪽으로 튕겨져 날아가더니, 그대로 벽에 부딪힌 후 복도를 향해 떨어졌다.

"어……?!"

뚱뚱한 남자는 눈을 동그랗게 뜨더니 허둥지둥 총을 겨누려했다. 하지만 소녀의 손에 살짝 닿은 순간, 온몸의 자유를 잃은 채 그대로 총을 놓쳤다.

"—미안하지만, 잠시 눈 좀 붙이세요."

"……윽!"

소녀가 그렇게 말한 순간, 그는 몸이 빙글 도는 듯한 감각이 느껴졌다. 그리고 그와 동시에 강렬한 충격이 그의 온몸을 감쌌다.

그리고 그는 의식이 흐려지는 가운데, 망연자실한 목소리로 중얼거렸다.

"역시…… 일본 여자애……였어……."

의식을 잃은 남자의 얼굴은 왠지 기뻐 보였다.

"─자, 지하금고실에 거의 다 온 것 같은데 말이죠……."

로비의 범인들을 제압한 후, 입구 셔터를 열어서 인질들을 대피시킨 마나는 깨끗하게 청소된 복도를 걷고 있었다.

이곳에 오면서 보초로 보이는 남자 몇 명을 제압하기는 했지만(그 중 한 명은 어디를 잘못 맞았는지 행복한 표정을 짓고 있었다), 그 중에는 위저드가 없었다. 그렇다면 위저드는 금고실에 있다고 봐야할 것이다.

"……그러고 보니 위에 있던 사람들은 하나같이 오합지졸이었네요. 통솔도 제대로 되지 않는 것 같았고요."

마나는 투덜거리듯 혼잣말을 중얼거렸다. 아마 그 남자들은 주모자의 부추김에 넘어간 쓰고 버릴 장기말에 불과하리라. 마나가 쓰러뜨리지 않더라도, 주모자인 위저드가 목적을 달성한 후 진짜로 그들을 데리고 도망쳤을지 의심스러웠다.

그런 생각을 하면서 걷고 있던 마나의 눈에 커다란 문이 보였다.

철로 된 튼튼해 보이는 문이 거대한 건설공사용 기계를 사용한 것처럼 비틀려 있었다. 평범한 인간의 힘으로는 불가능한 짓이다.

마나는 코로 한숨을 내쉰 후, 비틀린 문을 지나 안으로 들어갔다.

마나의 예상대로 그곳은 금고실이었다. 넓은 공간 안에는 텔레비전을 통해서나 봤던 실린더처럼 생긴 거대한 금고문이 설치되어 있었다.

아니…… 정확하게 말하자면 문이었던 것, 이라는 표현이 적당할지도 모른다. 두꺼운 금고 문은 아까 마나가 지나왔던 이 방의 문과 마찬가지로 무참하게 파괴되어 있었다.

"쳇, 한 발 늦었나요."

마나는 작게 혀를 찬 후, 금고 안을 들여다보려 했다.

하지만 등 뒤에서 기척이 느껴지자, 마나는 옆으로 몸을 날렸다. 다음 순간, 방금까지 마나가 있었던 자리에서 기묘한 불통이 튀었다. —어디선가 본 적 있는 빛이었다. 마력광. 리얼라이저를 사용하는 마술사만이 발생시킬 수 있는 힘이다.

아무래도 적들은 입구에서는 보이지 않는 위치인 이 방 구석자리에 숨어있었던 것 같았다. 마나의 뒤편에서 와이어링 슈트를 입은 여자 두 명이 모습을 드러냈다.

"방금 그 공격을 피했잖아?"

"에이, 우연일 거야."

머리카락이 긴 여자와 안경을 낀 여자는 눈짓을 교환하더니, 소형 레이저 건으로 마나를 겨눴다.

다음 순간, 금고 안에서 작은 웃음소리가 들려왔다.

"후후. 데이지, 이자벨라, 방심하면 안 돼. 그 애, 아마 우리와 마찬가지로 위저드일 거야."

머리카락을 짧게 자른 여자가 그렇게 말하면서 모습을 드러냈다. 마나의 뒤편에 있는 여자들과 같은 와이어링 슈트를 입은 그녀는 허리에 소형 화기와 레이저 블레이드를 차고 있었다.

마나는 아무 말 없이 눈을 가늘게 떴다. 아마 이 여자가 두목— 샤를로드 마이어일 것이다. 언동도 고압적인데다, 그녀의 몸 주위에 전개되어 있는 테리터리의 농도가 다른 두 사람과는 차원이 달랐다.

마나가 그런 생각을 하고 있을 때, 뒤쪽에 있는 여자들— 데이지와 이자벨라가 총을 쥔 채 의외라는 표정을 지었다.

"이런 애가 위저드라고요?"

"우리가 이곳에 들어오고 얼마 지나지 않았잖아요. 대체 어느 기관에서……."

"겉모습에 속으면 안 돼. 리얼라이저를 통해 대사기능을 조작하면 젊은 신체를 유지할 수 있거든. —실제로 야드에서는 범인의 빈틈을 찌르기 위해 일부러 어린애 같은 겉모습을 지닌 위저드를 거느리고 있다는 이야기를 들은 적 있어."

"윽! 그럼 이 녀석은 경찰인 건가요……?!"

"타이밍으로 볼 때 틀림없겠지. 이런 사건에 SSS가 투입될 리가 없고, 영화에서처럼 인질 중에 우연히 실력파 위저드가 섞여있었을 리도 없잖아."

샤를로트는 그렇게 말한 후 웃었다. 그 말을 듣고 이마에 땀방울이 맺힌 마나는 볼을 긁적였다.

"……으음, 이런 말을 하는 건 좀 그렇지만……."

하지만 샤를로트는 마나의 말을 끝까지 듣지도 않고 계속 말했다.

"거기, 너. 혹시 모르니 일단 물어는 볼게. 우리와 한패가 될 생각은 없어? 네가 평생 일해서 벌 돈을 순식간에 벌게 해줄게. 게다가 1대 3의 상황이잖아. 승산이 없다는 건 알지? 게다가—."

샤를로트는 씨익 웃었다.

"우리 세 사람은 DEM의 위저드야. —너도 위저드라면 이 말이 어떤 뜻인지 알 텐데?"

"……아, 예. 그렇사옵니까."

마나는 도끼눈을 뜨면서 그렇게 말했다. 그러고 보니 이들은 DEM에 소속된 위저드였다. 말단 쪽의 인사이동은 체크하지 않는…… 아니, 부서 자체가 다르기 때문에 얼굴을 마주한 적은 없지만 말이다.

"자, 어때? 어느 쪽이 현명한 선택인지는 고민 안 해도 알 수 있잖아?"

마나는 샤를로트의 말을 듣고 고개를 끄덕였다.

"예. 생각할 필요도 없죠. —사양하겠어요."

마나가 말한 순간, 또 뒤쪽에서 레이저 건이 날아왔다.

"어이쿠—."

테리터리를 전개해 레이저 건의 궤도를 비튼 마나는 앞쪽으로 몸을 날렸다. 하지만 데이지와 이자벨라는 공격을 멈추지 않았다. 허리에 찬 레이저 블레이드를 뽑아들어 빛의 칼날을 만들어낸 그녀들은 마나를 향해 돌진했다.

마나는 테리터리를 조작해서 두 사람의 맹공을 아슬아슬하게 피했다. 하지만— 아무리 마나라도 맨몸으로 와이어링 슈트를 걸친 위저드 두 명을 상대하는 것은 무리였다. 마나가 빈틈을 보인 순간, 그녀의 어깨를 뜨거운 무언가가 관통하고 지나갔다.

"큭—!"

마나는 벽 쪽으로 물러서더니 고통이 느껴지는 오른쪽 어깨를 감싸 쥐었다. 왼손에서 축축한 느낌이 들었다. 아무래도 피가 배어나오는 것 같았다.

"흥, 용감한 척은 혼자 다 하더니, 실력은 영 아니네."

"하지만 이미 늦었어. DEM의 위저드에게 대항한 걸 후회하게 만들어줄게."

데이지와 이자벨라는 의기양양한 목소리로 말했다. 마나는 귀찮다는 듯이 한숨을 내쉬었다.

"……심하게 날뛰면 나중에 법무부 쪽에서 난리를 치겠지만…… 뭐, 위저드밖에 없으니 괜찮겠죠. 상대도 사용하고 있으니까요."

혼잣말을 중얼거린 마나는 호주머니에서 긴급 장착 디바이스를 꺼냈다. 그것을 본 샤를로트의 시선이 날카로워졌다.

"긴급 장착 디바이스야! 와이어링 슈트를 장착하기 전에 해치워버려!"

""예—!""

그 지시를 들은 데이지와 이자벨라는 레이저 블레이드를 치켜들더니 마나를 향해 돌진했다. 하지만 맨몸으로도 장시간 동안 테리터리를 전개할 수 있는 마나의 장착 속도는 일반적인 위저드보다 훨씬 빨랐다. 두 사람의 공격이 닿기도 전에, 마나의 몸은 흰색과 청색으로 컬러링된 와이어링 슈트와 전용 CR-유닛 〈무라쿠모〉에 감싸였다.

"윽! 저건……! 둘 다 멈춰!"

마나가 슈트와 유닛을 전개한 순간, 샤를로트는 눈을 동그랗게 뜨면서 고함을 질렀다. 하지만 데이지와 이자벨라는 멈추지 않았다. 두 사람은 그대로 마나를 향해 빛의 칼날을 휘둘렀다.

"〈무라쿠모〉— 쌍검형태." ^{소드 스타일}

마나가 그렇게 말한 순간, 어깨에 방패처럼 장착되어 있던 파츠가 변형되더니 그녀의 양손을 감쌌다. 그리고 그 끝에서 농밀한 마력으로 된 빛의 검이 튀어나왔다.

마나는 왼손의 검으로 두 사람의 공격을 막아낸 후, 몸을 비틀면서 그대로 두 사람 사이를 지나갔다.

"이게……!"

다음 순간, 그 사실을 깨달은 이자벨라가 마나를 공격하기 위해 다시 레이저 블레이드를 치켜들었다. 하지만— 그녀는 그 자리에서 움직이지 못했다.

그것도 무리는 아니었다. 자신과 나란히 서서 마나와 대치하고 있던 데이지가 그 자리에서 쓰러져버렸기 때문이다.

"데이지—."

그 말을 입에 담은 직후, 이자벨라는 온몸에서 힘이 빠져나간 것처럼 무너지듯 쓰러졌다.

그렇다. 마나는 두 사람 사이로 지나가면서, 오른손에 쥔 검으로 그녀들에게 공격을 가했던 것이다. 물론 죽일 생각은 없었기 때문에 칼날을 세우지는 않았지만, 그래도 농밀한 마력 덩어리로 구타당했으니, 의식을 유지할 수 있을 리가 없었다.

"쳇……."

그 모습을 본 샤를로트는 혀를 찼다.

"쌍검을 사용하는 위저드……? 흥, 어이가 없네. 왜 DEM의 아뎁투스 넘버가 이런 곳에 있는 거야?"

"어라, 나를 알아버리나요?"

"그야…… 유구(悠久)의 메이저스 다음 가는 DEM 넘버2 위저드— 소문 정도는 들은 적 있어. 이렇게 어린 여자애인 줄은 몰랐지만 말이야."

샤를로트는 그렇게 말하면서 인상을 썼다. 목소리 톤에는 변함이 없지만, 그녀의 볼을 타고 땀 한 방울이 흘러내렸다.

"……그럼, 이제 어떻게 할 거죠?"

마나가 눈을 가늘게 뜨면서 오른손의 검을 내밀자, 샤를로트는 항복하겠다는 것처럼 양손을 들었다.

"승산 없는 승부는 하지 말자는 게 내 주의거든. 아픈 것도 싫고 말이야."

"흐음……. 뭐, 현명하네요. 그럼 무장을 해제—."

바로 그때였다.

"—윽!"

마나가 말을 이으려던 순간, 샤를로트의 손가락 끝이 빛났다. 그리고 다음 순간, 엄청난 빛이 마나의 시야를 가득 채우더니, 아무 것도 보이지 않게 되었다.

"아닛……!"

"아하하하하! 방심했나 보네!"

샤를로트의 목소리가 마나의 고막을 흔들었다. 아무래도 섬광탄 같은 것을 사용한 것 같았다. 어쩌면 이 방 어딘가에 미리 설치해둔 것일지도 모른다.

테리터리를 사용하면 빛 정도는 간단히 막아낼 수 있지만, 방금은 완벽하게 허를 찔렸다. 눈이 따끔거리면서 앞이 제대로 보이지 않았다.

하지만 마나는 여전히 테리터리를 전개하고 있었다. 설령 앞이 보이지 않더라도, 샤를로트가 접근한다면 감각을 통해 알 수 있을 것이다.

"…………윽."

하지만, 마나는 희미하게 눈썹을 찌푸렸다. 마나의 정밀한 테리터리가 샤를로트의 위치를 파악하지 못했기 때문이다.

"아하하! 나, 리얼라이저를 이용한 은폐 기술은 SSS에서도 톱클래스였어! 아무리 아뎁투스 넘버라도 시야가 차단당한 상태에서 내 위치를 알아내는 건 불가능해!"

샤를로트의 목소리가 어딘가에서 들려왔다. 아마 테리터리를 이용해 목소리를 반사시키고 있는 것이리라. 이래서는 목소리가 들려온 방향으로 상대의 위치를 파악하는 것도 불가능했다.

"후후후후! 정말 한심하네! 아하하! 아뎁투스 넘버라는 녀석의 실력이 고작 이것밖에 안 되는 거야? 하하, 하하핫! DEM이란 곳도 별 거 아닌가 보네!"

"······."

하지만 그 말만은 흘려들을 수 없었다. 마나는 아무 말도 없이 양손을 내렸다.

"아앙······? 왜 그래? 각오를 다진 거야?"

"······삼류면 삼류답게 주제를 알아버리는 게 어때요?"

마나가 그렇게 말하자, 샤를로트는 웃겨서 죽겠다는 듯한 반응을 보였다.

"꺄하하하하하핫! 지금 어떤 상황인지 알고는 있어~? 그 꼴로 대체 뭘 어쩔 것이옵니까~?"

그 직후, 부웅······ 하는 낮은 구동음이 들렸다. 아마 레이저 블레이드로 마력 칼날을 만들어낸 것이리라.

"뭐, 이제 됐어. 너— 빨리 죽어."

샤를로트는 순식간에 마나에게 접근했다. 하지만 어느 쪽에서 접근해오는지 마나는 알 수가 없었다. 하지만—.

"이럴 작정이옵니다."

마나는 미소를 머금더니, 머릿속으로 지령을 내렸다.

그러자, 두 어깨에 남아있던 파츠와 두 팔에 쥔 검이 변형하더니 전방위를 향해 포문을 전개했다.

"〈무라쿠모〉— 섬멸형태(블라스트 스타일)."

"앗—."

샤를로트의 짧은 비명을 지워버리듯······.

마력광이 금고실 안을 가득 채웠다.

은행 앞은 경찰과 보도진, 그리고 구경꾼들로 북적이고 있었다.

　하지만 그것도 무리는 아니었다. 백주대낮에 은행에 강도가 들더니, 은행원과 손님을 인질 삼아 농성을 벌이고 있는 것이다.

　그리고 사건이 발생하고 수십 분이 지난 후, 입구의 셔터가 열리더니 은행 안에 잡혀 있던 인질들이 밖으로 나왔다.

　게다가 그들은 하나같이 "여자애가 구해줬다."고 말했다. 게다가 경찰들은 인질들이 풀려난 후에도 전혀 움직이지 않았다. 그런 요소들이 복잡하게 얽히면서, 이 사건에 대한 주목도를 단숨에 끌어올린 것이다.

　"경감님, 왜 돌입하지 않는 겁니까? 인질들은 전부 풀려났단 말입니다!"

　경찰들이 둘러싼 은행 입구 한편에서, 젊은 형사가 중년 경감을 향해 그렇게 외쳤다. 그러자 경감은 짜증 섞인 표정을 지으며 머리를 긁적였다.

　"나도 뭐가 어떻게 된 건지 모르네. 하지만 상부에서 잠시 기다리라는 지시가 내려왔어."

　"그, 그게 무슨 소리죠?!"

　"그러니까 나도 모른단 말일세! 하지만 지금 들어가면 부상자가 발생할 거라고—."

경감이 말을 이으려한 순간, 은행 쪽에서 폭탄이라도 터진 듯한 엄청난 소리가 터져 나왔다. 그리고 주위가 지진이라도 일어난 것처럼 격렬하게 흔들렸다. 그리고 은행의 창문이 일제히 깨지더니, 안에서 눈부신 빛이 뿜어져 나왔다.

"아니…… 이건……?!"

형사는 경악을 금치 못하면서 눈을 치켜떴다. 대체 은행 안에서는 무슨 일이 벌어지고 있는 것일까……?!

"경감님, 더는 기다릴 수 없습니다! 돌입 명령을—."

하지만 형사는 말을 끝까지 잇지 못했다.

이유는 지극히 단순했다. —하늘에서 엄청난 양의 지폐가 떨어졌기 때문이다.

"어……? 도, 돈……?"

갑작스러운 사태가 벌어지자 다들 망연자실 했지만, 은행 앞에 모여 있던 수백 명이나 되는 사람들은 곧 상황을 파악하더니 앞 다퉈 지폐를 줍기 시작했다.

"—그래서, 전방위로 마력을 뿜어서 금고를 통째로 날려버린 겁니까?"

"……뭐, 예."

다음날. DEM본사 빌딩에 있는 어느 방에서 무릎을 꿇은 마나는 엘렌의 말을 듣고 머뭇거리며 고개를 끄덕였다.

"상당량의 지폐를 회수하기는 했지만, 수리비를 포함한 피해 총액은 약 500만 파운드입니다. ……경찰과 은행 측의 불평불만이 이만저만이 아닙니다."

"……면목 없어요."

마나가 고개를 푹 숙이자, 엘렌의 옆에 서있던 제시카가 웃음을 터뜨렸다.

"아하하하! 정말 멍청하네. 좀 스마트하게 일을 처리할 수는 없는 거야?"

"……적이 제시카처럼 짜증나게 웃어대니까, 기분이 확 나빠져서……."

"뭐, 뭐어?!"

"—아무튼."

엘렌은 마나와 제시카의 대화를 끊으며 조용히 입을 열었다.

"당신 급료로 변제를 한다면— 전부 다 갚는데 100년 하고 조금 더 걸리겠군요. 그때까지 현역으로 버틸 수 있기를 빌죠."

"제, 제가 갚아야 하나요?!"

마나는 경악을 금치 못하면서 눈을 치켜떴다.

"당연하죠. —대신, 정령을 해치운다면 하나당 100만 파운드씩 특별 수당을 제공하도록 하겠습니다. 당신의 활약을 기대하죠."

"잠깐……."

엘렌은 마나의 말을 끝까지 듣지도 않고 방에서 나갔다. 제시카는 마나를 향해 혀를 쑥 내민 후, 엘렌의 뒤를 쫓듯 밖으로 나갔다.

방에 홀로 남은 마나는 한 동안 망연자실한 표정을 지은 후, 그대로 맥없이 풀썩 쓰러졌다.

코토리 미스터리

MysteryKOTORI

DATE A LIVE ENCORE 4

텐구 시 상공 15000미터에 떠있는 공중함 〈프락시너스〉.

〈프락시너스〉의 함장인 이츠카 코토리는 친구인 해석관, 무라사메 레이네와 함께 그곳의 복도를 걷고 있었다.

"레이네, 일전의 해석 자료를 나중에 나한테도 보내줄래?"

코토리는 그렇게 말하면서 입에 물고 있던 막대 사탕의 막대 부분을 꼿꼿이 세웠다.

진홍색 재킷을 어깨에 걸친 열네 살 정도의 소녀는 검은색 리본을 이용해 머리카락을 둘로 나눠묶었고, 도토리처럼 동그란 눈동자를 지녔다. 함장이라는 직함을 지니기에는 너무 어려보이는 용모였다.

"……응, 알았어. 곧 전송할게."

하지만 옆에서 걷고 있는 레이네는 딱히 개의치 않으며 고개를 끄덕였다. 대충 묶은 머리카락과 졸려 보이는 눈, 그리고 진한 다크서클과 불안정한 걸음걸이가 인상적인 여성이었다.

물론 이제 와서 코토리가 함장, 그리고 사령관이라는 점에 이의를 제기하는 승무원은 단 한 명도 없었다. 하지만 코토리가 착임한 후로 단 한 번도 그녀의 연령과 용모 때문에 경악하거나 불신감을 가지지 않았던 이는 레이네 단 한 명뿐이었다.

물론 그녀가 사소한 일을 신경 쓰지 않는 것뿐일지도 모르지만— 그 덕분에 코토리와 레이네는 계급과 연령을 초월해 마음편한 친구 사이가 될 수 있었던 것은 사실이었다.

"—아, 맞다. 다음 주에 시간 좀 내줄 수 있어?"

"……다음 주 언제쯤 말이야?"

"으음. 딱히 언제라도 상관없지만, 토요일 정도가 좋을 것 같아."

"……유감이지만 토요일에는 볼일이 있어."

"그렇구나. 아깝게 됐네. 『라 퓌셀』에 새로운 메뉴가 생긴다고 해서 맛보러 갈까 했거든."

"……새로운 메뉴?"

"제철 과일과 최고급 마스카르포네 치즈를 듬뿍 사용한 특제 밀푀유 파르페야."

"……비워둘게."

"그렇게 나올 줄 알았다니깐."

레이네가 멍한 표정으로 그렇게 말하자, 코토리는 씨익 웃었다. 레이네는 표정의 변화가 거의 없는 편이지만, 오랫동안 알고 지낸 코토리는 그녀가 기뻐하고 있다는 것을 알 수 있었다.

"점심때에는 사람이 몰릴 테니 오전에 가자. 나도 전날에 일을 끝내둘 테니까—."

코토리가 손가락을 빙글빙글 돌리면서 토요일 일정을 잡고 있을 때였다.

"—꺄아아아아아아아아아아아아아아아아앗?!"

복도 앞쪽에서 새된 비명소리가 들렸다. 코토리는 무심코 어깨를 부르르 떨었다.

"무…… 무슨 일이야?!"

"……코토리의 집무실 쪽에서 들린 것 같네. 서두르자. 뭔가 문제가 발생한 것 같아."

"으, 응……!"

코토리는 고개를 끄덕인 후, 레이네와 함께 복도를 뛰었다. ……하지만 레이네의 속도가 너무 느렸기 때문에 두 사람 사이에는 상당한 거리가 생겼다.

잠시 후 코토리는 복도 끝에 있는 자신의 집무실 앞에 도착했다. 전자식 문은 이미 열려 있었다. 코토리가 방 안을 쳐다보니 〈프락시너스〉의 승무원인 시이자키 히나코가 경악을 금치 못하며 눈을 치켜뜨고 있었다. 아무래도 방금 그 비명은 그녀가 지른 것 같았다.

"시이자키?! 대체 무슨 일이야?!"

"사, 사령관님……! 그, 그게, 그러니까……!"

시이자키는 혼란스러워하면서 손을 내저은 후, 집무실 안을 가리켰다.

"바, 방금 와봤더니, 저, 저렇게……!"

"그러니까, 무슨 일이 벌어진 거냐구."

코토리는 미간을 찌푸리면서 시이자키의 옆에서 자신의 집무실 안을 쳐다보았다.

그리고— 시이자키와 마찬가지로 눈을 치켜떴다.

"앗……?!"

코토리의 집무실 왼쪽 구석.

그곳에 한 남자가 엎드려 있었다.

남자는 키가 크고, 머리카락 또한 길었다. 엎드린 탓에 얼굴은 보이지 않지만, 코토리는 그 사람이 누구인지 바로 눈치챘다. —코토리의 부관이자 〈프락시너스〉의 부함장인 칸나즈키 쿄헤이다.

하지만 칸나즈키가 쓰러져 있다는 이유로 시이자키가 비명을 지른 게 아니라는 사실은 한 눈에 알 수 있었다.

바닥에 쓰러진 칸나즈키의 주위에는 꽃병의 파편이 흩뿌려져 있었고— 그의 머리에서 흘러나온 엄청난 양의 피가 바닥에 피 웅덩이를 만들고 있었다.

　그렇다.

　칸나즈키가, 코토리의 방에서, 피를 흘리며 쓰러져 있는 것이다.

　마치 진부한 서스펜스 드라마의 한 장면 같았다. 아마 다른 사람에게 이런 이야기를 한들 다들 웃어넘길 것이다.

　하지만 방 안을 가득 채운 피비린내가 이 어이없는 장면에 리얼리티를 부여하고 있었다. 코토리는 구역질을 참듯 손으로 입을 가렸다.

　"이게 대체……."

　코토리와 시이자키가 딱딱하게 굳어있는 사이, 이곳에 도착한 레이네는 두 사람의 옆을 지나더니 방 안으로 들어갔다.

　"어, 레, 레이네……."

　코토리가 말을 걸자, 레이네는 자신에게 맡겨달라는 듯이 가볍게 한 손을 들었다. 그리고 바닥에 쓰러진 칸나즈키의 곁으로 뛰어가더니, 피에 젖은 그의 왼손을 잡았다.

　그리고 몇 초 동안 맥을 집어본 후…….

　"레이네…… 카, 칸나즈키는……."

　"…………."

　코토리가 떨리는 목소리로 묻자, 레이네는 고개를 숙이면서 천천히 고개를 저었다.

"……유감이야."

"서, 설마……."

레이네의 말을 들은 순간, 코토리는 심장이 옥죄어드는 듯한 느낌을 받았다. 그와 동시에, 옆에 있던 시이자키가 그 자리에서 풀썩 주저앉았다.

하지만 그것도 무리는 아니리라.

매일같이 얼굴을 마주하던 인물이 갑자기, 아무런 조짐도 없이 이렇게 되어버린 것이다. 머릿속이 제대로 돌아갈 리가 없었다.

하지만 코토리는 눈을 치켜뜨더니, 마른 침을 꼭 삼켰다.

그리고 칸나즈키를 다시 한 번 유심히 쳐다보았다.

바닥에 엎드려 있는 칸나즈키의 머리에서는 피가 나고 있었다. 그리고 주위에는 꽃병의 파편이 흩뿌려져 있었다.

자세한 것은 조사해봐야 알 수 있겠지만, 이 상황은 어떤 가능성을 시사하고 있었다.

즉— 칸나즈키는 **누군가에게 살해당했다**는 가능성을 말이다.

이 하늘 위의 밀실인 〈프락시너스〉 안에서 말이다.

"…………큭!"

지금 생각해보니, 저렇게 된 칸나즈키를 목격한 바로 그 순간 거기까지 생각이 미쳤어야 했다. 코토리는 주먹을 말아 쥐더니, 바닥에 주저앉아 있는 시이자키를 쳐다보았다.

"—시이자키. 지금 바로 전송장치를 동결시키라는 지시를 내려."

"예……?"

"〈프락시너스〉에서 누구도 지상에 가지 못하도록 하라는 거야. 그게 끝나면 〈프락시너스〉 안에 수상한 인물이 없는지 체크해봐. 그 후에는—."

코토리는 입술을 깨문 후, 말을 이었다.

"—승무원 전원의 이야기를 들을 거니까, 준비해두라고 다른 사람들에게 전해줘."

"…………아!"

그 말을 들은 순간, 시이자키도 그 가능성을 떠올린 것 같았다. 한 순간 눈을 동그랗게 뜬 그녀는 살며시 고개를 끄덕였다.

그렇다. 공중함인 〈프락시너스〉는 평소 텐구 시 상공 15000미터에 떠있다.

그런 〈프락시너스〉에 들어오기 위해서는 기체 하단부에 설치된 전송장치를 이용해 내부로 직접 이동하는 수밖에 없다. 그리고 그러기 위해서는 〈프락시너스〉 측에서 기기를 조작해야만 한다.

즉, 수상한 인물이 〈프락시너스〉 안으로 몰래 들어오는 것은 불가능에 가까운 것이다. 코토리도 혹시나 몰라 내부에 수상한 인물이 없는지 조사하라는 지시를 내리기는 했지만, 그 사실은 잘 알고 있었다.

그리고, 그 점은······.

코토리가 잘 아는 승무원 중에, 칸나즈키를 죽인 범인이 있을지도 모른다는 가능성을 시사하고 있었다.

◇

그로부터 약 두 시간 후. 코토리의 집무실에는 남녀 몇 명이 모여 있었다.

코토리.

레이네.

〈짚인형〉 시이자키. (네일 노커)

〈차원을 넘나드는 자〉 나카츠가와. (디멘션 브레이커)

〈빨리도 찾아온 권태기〉 카와고에. (배드 매리지)

〈사장 오빠〉 미키모토 (CEO)

〈보호 관찰 처분〉 미노와 (딥 러브)

다들 친애하는 〈프락시너스〉 승무원이자— 칸나즈키 쿄헤이 살해 사건의 용의자다.

이미 칸나즈키의 사체는 다른 장소로 옮겼고, 그가 있던 장소에는 비닐 테이프가 본을 뜬 것처럼 붙어 있었다. 그리고 주위에 흩어져 있던 꽃병 파편에는 각각 『A』, 『B』 같은 마킹이 되어 있었다.

이미 사정 설명을 들은 승무원들은 새파랗게 질린 얼굴로 서로를 살펴보고 있었다.

그것도 무리는 아니었다. 어쩌면 이 안에 칸나즈키를 죽인 범인이 있을지도 모르는 것이다.

"—레이네."

"……응."

코토리가 손가락을 튕기자, 레이네는 들고 있던 파일을 펼쳤다.

"……칸나즈키가 이 방에 들어온 것으로 추정되는 시각은 14시경이야. 누군가에게 불려온 것인지, 아니면 다른 이유가 있는지는 알 수 없지만, 칸나즈키는 코토리의 집무실에 왔고— 그곳에서 누군가에게 뒤통수를 강타당한 걸로 보여. 그리고 14시 20분 경, 시이자키가 코토리의 집무실을 찾았다가 칸나즈키를 발견했어……."

"대, 대체…… 누가 그런 짓을 한 거죠?"

미노와는 불안한지 꼬불꼬불한 머리카락을 손가락에 감으면서 말했다. 코토리는 그 말을 듣고 작게 한숨을 내쉬었다.

"아직 몰라. ……하지만 〈프락시너스〉 내부를 이 잡듯이 뒤져봤지만 승무원 이외에는 아무도 없었어. 그리고 해당 시각에 이 집무실에 올 수 있었던 건— 이 자리에 있는 멤버들뿐이야."

"""……………윽!"""

코토리가 그렇게 말하자, 다들 동시에 숨을 삼켰다.

"나도 너희를 의심하고 싶지는 않아. 그러니 이건 너희의 결백을 증명하기 위한 작업이라고 생각해줬으면 해. 오른쪽에 있는 사람부터 차례대로, 14시 경에 뭘 하고 있었는지 이야기해줄래? 아, 미리 말해두겠는데, 나와 레이네는 그 시간에 계속 같이 있었어."

코토리는 그렇게 말한 후, 가장 오른편에 있는 카와고에를 쳐다보았다.

"카와고에, 너는 그때 뭘 했어?"

"아…… 저는 그 시각에— 수면실에 있었습니다."

"흐음, 자고 있었던 거야?"

코토리는 이 정도는 당연한 질문일 거라고 생각하면서 물었다.

하지만 카와고에는 거북해하듯 고개를 돌렸다.

"아니, 그게……."

"뭐야. 뭘 했는지 빨리 말해."

"……그게 말이죠. 다음 주가 딸의 생일이라, 인터넷으로 적당한 선물이 없는지 찾아보고 있었습니다……."

카와고에가 그렇게 대답하자, 코토리는 하아 하고 한숨을 내쉬었다.

"……탐탁치는 않네. 휴식을 취하는 것도 엄연한 일이야."

"그, 그건 알고 있습니다만…… 헤어진 세 번째 마누라는 워낙 신경질적이어서, 이럴 때가 아니면 딸과 만나게 해주지 않는다고요……!"

"……흐음, 그래?"

코토리는 한 번 더 한숨을 내쉰 후, 다음 사람— 나카츠가와를 쳐다보았다. 그러자 나카츠가와는 안경을 고쳐 쓰면서 입을 열었다.

"오후 두 시쯤 말인가요. ……그때는, 으음……."

그리고 말하기 힘든 일이라도 있는지 말끝을 흐렸다. 시이자키는 그런 나카츠가와를 미심쩍은 눈길로 쳐다보았다.

"혹시 말할 수 없는 일이라도 하고 있었던 건가요?"

"그, 그렇지 않습니다! 그, 그저…… 그 시간에는, 휴게실에서 프라모델을 만들고 있었던지라……."

"……너, 대체 업무 시간에 대체 뭘 하는 거야?"

"죄, 죄송합니다……."

코토리가 한숨을 내쉬면서 그렇게 말하자, 나카츠가와는 송구스럽다는 듯이 어깨를 움츠렸다.

"그런데, 그때 다른 사람과 같이 있었어? 아니면 네가 거기 있었다는 걸 증명해줄 사람은 있어?"

"아, 아뇨……. 혼자였습니다. —아! 그, 그러고 보니, 그때, 휴게실 창문을 통해 미노와 씨가 사령관님의 방 쪽으로 걸어가는 걸 봤습니다!"

"뭐?"

코토리는 눈썹을 살짝 찌푸리면서 나카츠가와의 옆에 서 있는 미노와를 쳐다보았다. 미노와는 당황한 듯이 손을 내저었다.

"아, 아니에요! 휴게실 앞을 지나기는 했지만, 사령관님의 집무실에는 간 적 없다고요!"

"그럼 어디 갔는데?"

"그게…… 저, 저기………… 화장실에……."

미노와는 볼을 붉히면서 고개를 돌렸다. 그 모습을 본 코토리는 "흐음……." 하고 중얼거리면서 미심쩍은 눈빛을 띠었다.

"……혹시나 해서 물어보는 건데 말이야. 혹시 화장실에서 일과 관계없는 것을 하고 있었던 건 아니겠지?"

"으……!"

코토리가 그렇게 말하자, 미노와는 정곡을 찔린 것처럼 몸을 뒤로 젖혔다.

"죄, 죄송해요……. 요즘 하는 스마트폰 게임의 찬스 타임이어서……."

"……너희들, 정말……."

코토리는 짜증난 듯이 머리를 긁적이면서 다음 승무원—미키모토를 쳐다보았다.

"그럼 미키모토. 너는 그때 뭘 하고 있었어?"

"예! 저는 함교에서 일을 하고 있었습니다!"

"구체적으로 어떤 일을 했는데?"

"예. 중요거점에서 연락이 와서, 비밀 회선으로 통신을 했습니다."

"그랬구나. 그럼 통신을 한 상대방에게 연락을 해서 알리바이를 확인해보면 되겠네. 중요거점이 어디야? 그리고 통신 상대의 이름은 뭔데?"

코토리가 묻자, 미키모토는 갑자기 입을 다물었다.

"뭐야. 말할 수 없는 거야?"

"서, 설마, 미키모토 씨······!"

시이자키가 떨리는 목소리로 그렇게 말하자, 다들 미키모토를 경계하듯 그에게서 한 걸음 물러섰다.

"아, 아닙니다! 저는 범인이 아니라고요—!"

"그럼 누구와 통신을 했는지 말할 수 있겠네? 빨리 말해봐."

"그게·········『에스페란사』의 제니퍼와······."

"""·········"""

승무원 전원의 시선이 미키모토에게 꽂혔다.

"······함의 회선으로 술집 여자와 전화를 하지 말아줄래? 우리는 비밀조직이라구."

"죄, 죄송합니다······! 그게 무심코······!"

코토리는 한숨을 내쉰 후, 미키모토의 옆에 있는 시이자키를 쳐다보았다.

"다음은…… 최초발견자인 시이자키네."

"예……."

시이자키는 새파랗게 질린 챈 고개를 끄덕인 후, 말했다.

"오후 두 시에는…… 자료를 작성하고 있었을 거예요. 그런데, 사령관님께서 확인해주셨으면 하는 부분이 있어서, 집무실에 갔더니, 칸나즈키 부사령관님이……."

"……그랬구나. 하지만 그런 일이라면 일부러 집무실로 찾아오지 말고 통신이나 메일로 연락하면 되지 않아?"

"그, 그건 그렇지만…… 휴식을 좀 취하려던 참이었던지라, 겸사겸사 집무실에 갔던 거예요……."

"흐음…… 그런데 그 자료는 어떤 거야?"

"아, 예……. 저기…… 실은……."

시이자키는 말끝을 흐리다 결국 자포자기한 투로 말했다.

"……텐구 시 추천 디저트 맵을……."

"그건 정령 공략용? 아니면 취미용?"

"…………으음, 반반이에요."

"……흐음, 그래?"

코토리는 하아 하고 한숨을 내쉬었다.

이걸로 짤막하게나마 전원의 이야기를 들었다. 하지만 명확한 알리바이가 있는 사람은 코토리와 레이네뿐이었다.

"이래서는 범인을 찾을 수가 없겠네……."

코토리는 머리를 긁적였다. 〈라타토스크〉는 비밀조직이기에 경찰이나 탐정을 이 함 안에 들일 수도 없었다. 그러니 이 자리에 있는 사람들이 자신들만의 힘으로 칸나즈키를 죽인 범인을 찾아내야만 하는 것이다.

"저기…… 그런데, 부사령관님은 왜 사령관님의 집무실에 있었던 걸까요?"

영문을 모르겠다는 표정을 지은 미노와가 손을 슬며시 들며 말했다. 그 뒤를 이어 카와고에가 팔짱을 꼈다.

"그야 범인이 불러낸 거겠죠."

"하지만 사령관님의 집무실로 불러내는 건 부자연스럽지 않을까요?"

"뭐…… 그건 그래. 이런 곳으로 불러내도 미심쩍지 않을 만한 사람이라면……."

"""…………."""

이 자리에 있는 이들 모두의 시선이 코토리에게 향했다.

"……왜 쳐다보는 거야?"

"아, 아뇨. 아무 것도 아닙니다……."

카와고에는 진땀으로 범벅이 된 얼굴을 저으며 말했다.

그 뒤를 이어, 나카츠가와가 화제를 바꾸려는 것처럼 입을 열었다.

"꼭 범인이 불러냈다고 볼 수만은 없지 않을까요?"

"그게 무슨 소리지?"

미키모토는 고개를 갸웃거렸다. 그러자 나카츠가와는 안경을 고쳐 쓰면서 말을 이었다.

　"즉, 이건 저희가 생각하는 것처럼 계획적 범행이 아니라, 우발적 범행일지도 모른다는 겁니다."

　"우발적⋯⋯."

　"예. 즉, 이렇게 된 거죠."

　나카츠가와는 손가락 하나를 세우면서 말을 이었다.

　「─실례합니다. 일전에 이야기한 건에 대한 겁니다만⋯⋯」

　「앗! 꺄, 꺄앗! 왜, 왜 멋대로 들어오는 거야!」

　「하앙! 사, 사령관님의 미성숙된 바디가 훤히⋯⋯!」

　「시끄러워! 허, 헛소리 말고 빨리 나가!」

　「하악~, 하악~, 더, 더는 못 참겠다!」

　「꺄아아아아아아아아아앗!」

　「부~비부비부비, 부~비부비부비! 날름! 날름날름날름날름!」

　「이게, 뭐하는 거야⋯⋯!」

　쨍그랑!

　「커억?!」

　「아⋯⋯! 카, 칸나즈키?! 칸나즈키⋯⋯?! 저, 저기, 장난치는 거지⋯⋯?」

　"⋯⋯이렇게 된 거죠."

""""아하~.""""

나카츠가와의 이야기가 끝난 후, 다들 납득한 것처럼 고개를 끄덕였다.

"잠깐만! 뭘 멋대로 상상하고 난리야! 내가 집무실에서 옷을 갈아입을 리가 없잖아!"

"어, 어디까지나 그럴 가능성이 있다는 이야기입니다……."

코토리가 언성을 높이자, 나카츠가와는 쓴웃음을 흘리면서 고개를 저었다.

"말도 안 되는 소리 하지 마……. 그리고 이 꽃병은 이 집무실에 있던 게 아니라구."

"예? 그런가요?"

시이자키는 눈을 동그랗게 떴다. 코토리는 그런 그녀를 쳐다보며 "응." 하고 말했다.

"적어도 나는 본 적 없어. 오늘 오전에 여기 있을 때도 이런 건 없었다구."

"그럼 이 꽃병은 대체 누가 가져다놓은 걸까요?"

"그야…… 범인 아닐까?"

시이자키가 고개를 갸웃거리며 중얼거리자, 미노와가 그 말에 대답했다. 하지만 시이자키는 여전히 의문이 풀리지 않은 표정을 지었다.

"범인은 왜 굳이 꽃병으로 부사령관님을 때린 걸까요. 애

초부터 집무실에 있던 걸로 때리면 됐잖아요."

"듣고 보니 그러네……. 하지만 이 방에 있는 것 중에 둔기
로 쓸 만한 건 사령관님의 단말이나 컴퓨터뿐이잖아. 그런
걸로 때렸다간 기계가 고장 날 거야."

"그럼 범인은 기계가 부서지는 게 싫어서 일부러 다른 곳
에 있는 둔기를 가지고 온 걸까요?"

"그렇다면 범인은 그런 게 부서지면 곤란한 사람이라고 보
면 되겠군요."

"""………….""""

미키모토가 그렇게 말한 순간, 이 자리에 있는 모든 이들
의 시선이 코토리를 향했다.

"……아, 아까부터 계속 왜 그러는 거야. 다들 나를 의심
하는 거야?!"

"다, 당치도 않습니다!"

미키모토는 허둥지둥 고개를 저었다. 그 모습을 본 코토
리는 흥 하고 코웃음을 쳤다.

"정말…… 나한테는 칸나즈키를 죽일 동기가 없잖아! 내가
왜 이런 짓을 하겠냐구."

코토리는 팔짱을 끼면서 언짢은 목소리로 말했다. 그러자
승무원들은 그 말에 동의하듯 고개를 끄덕였다.

"그, 그렇죠. 이츠카 사령관님이 우수한 부관인 부사령관
님을 죽일 리가 없어요."

"당연하죠. 때때로 성희롱적인 언동을 할 때가 있기는 하지만요."

"때로는 진짜로 기분 나쁜 짓을 하기도 했었죠."

"사령관님도 드물게 진짜로 화냈어요."

"그러다 결국 이런 짓을……."

"사령관님! 왜 미리 한 말씀 해주지 않으신 겁니까!"

"그러니까 왜 그런 결론에 도달하는 거냐구!"

코토리는 고함을 지르면서 책상을 쾅 소리 나게 내려쳤다. 그러자 승무원들은 움찔했다. 그리고 모두 거북한 미소를 지은 후, 방 안은 부자연스러운 침묵으로 가득 찼다.

그런 와중에 방 안에 있는 이들 중에서 유일하게 동요한 기색을 보이지 않던 레이네가 천천히 턱에 손을 댔다.

"……하지만, 동기라는 건 확실히 신경 쓰이네. 대체 범인은 왜 그를 공격한 걸까?"

"글쎄……. 확실히 이상한 녀석이기는 했지만, 남에게 목숨을 위협받을 정도의 원한을 샀을 줄은 몰랐어……."

코토리가 미심쩍어하듯 미간을 찌푸리면서 그렇게 말한 순간, 미노와는 뭔가가 생각난 것처럼 눈을 크게떴다.

"왜 그래? 혹시 짚이는 데라도 있어?"

"……예. 동기라고 할 수 있을지는 모르겠지만, 일전에 일을 끝내고 한 잔 할 때……."

미노와는 그렇게 말하면서 카와고에를 쳐다보았다. 그녀

의 시선을 받은 카와고에의 볼을 타고 땀 한 방울이 흘러내렸다.

"카와고에 씨가 말했었죠? ……『칸나즈키 씨만 없으면 내가 부사령관이 될 텐데』……하고요……."

"뭐, 뭐어?!"

"카와고에 씨, 설마 당신이……!"

미노와가 그 말을 한 순간, 다들 경악에 사로잡혔다. 그러자 카와고에는 당황한 목소리로 외쳤다.

"자, 잠깐만! 그건 술자리에서 한 농담이라고! 다들 그 정도 농담은 하잖아! 안 그래?!"

"아~뇨~."

"그런 소리는~."

"안 한다고요~."

"카와고에 씨는 출세욕이 강하다니깐~."

다른 승무원들은 카와고에를 궁지로 몰아넣으려는 것처럼 다들 그렇게 말했다. 그들의 말을 듣고 얼굴이 땀으로 범벅이 된 카와고에는 이를 갈았다.

"……그런 소리를 해도 괜찮겠어?"

그리고 그는 날카로운 눈길로 시이자키를 쳐다보았다.

"시이자키 군. 나는 알고 있거든?"

"예……?!"

시이자키는 느닷없이 그런 소리를 듣고 어깨를 부르르 떨었다.

"무, 무슨 소리죠……?"

"자네가 항상 가지고 다니는 짚인형에, 칸나즈키 부사령관님의 사진이 붙어있다는 걸 말이야……!"

"뭐……!"

시이자키는 경악으로 가득 찬 표정을 지었다. 바로 그때, 짜기라도 한 것처럼 그녀의 품에서 조그마한 짚인형이 떨어졌다.

—그 짚인형의 얼굴 부분에는 칸나즈키의 사진이 붙어 있고, 머리 부분에는 그의 것으로 보이는 긴 머리카락이 박혀 있었다.

"아니, 이, 이건……!"

"히나, 설마 네가—."

"부사령관님을…… 주술로 살해한 건가요……?!"

승무원들이 충격을 받은 듯한 표정을 지었다. 그러자 시이자키는 당황한 목소리로 외쳤다.

"아니에요! 이건 제2종 주법이라, 대상을 죽일 정도의 힘은 지니지 못했어요! 그저, 바늘이 박힌 부분에 원인불명의 멍이 생기거나, 원인 모를 통증이 느껴지거나, 호흡곤란 상태가 될 뿐이라고요……!"

"……그것만으로도 충분히 무섭거든?"

코토리가 질색을 하면서 그렇게 말하자, 다들 고개를 끄덕였다.

"그럼 시이자키. 네가 범인이 아니라면, 왜 그런 걸 가지고 있는 거야?"

"그게…… 칸나즈키 씨가 부탁해서……."

"뭐?"

"……『시이자키 양. 당신, 남에게 저주를 걸 수 있죠?! 저주에 걸리면 얼마나 고통스럽죠? 정말 궁금해요!』라고 해서……."

"""아……."""

승무원들은 꽤나 설득력이 있는 시이자키의 말을 듣고 납득했다는 것처럼 고개를 끄덕였다. ……확실히 그 남자라면 그런 소리를 하고도 남을 것이다.

"그럼 시이자키는 칸나즈키를 공격한 게 아닌 거네?"

"다, 당연하죠……! 그리고 저보다 훨씬 명확한 동기를 지닌 사람을 알고 있어요!"

"흐음, 누군데?"

코토리가 재촉하듯 그렇게 말하자, 시이자키는 천천히 고개를 돌리더니— 미키모토와 시선을 마주했다.

"미키모토 씨, 전에 이런 말을 했었죠? —칸나즈키 씨를 단골 가게에 데리고 갔다. 마음에 들어 하던 여자애들을 전부 빼앗겨서 분통이 터졌다고요……!"

"큭……!"

시이자키가 손가락으로 미키모토를 가리키자, 그는 몸을 뒤로 젖히며 신음을 흘렸다.

"어때요? 술김에 한 말이라고는 해도 꽤 화가 났던 건 맞죠?"

"그, 그게……."

"미키모토, 정말이야?"

코토리가 차분한 목소리로 묻자, 미키모토는 잠시 동안 주저하는 모습을 보인 후 체념한 것처럼 고개를 끄덕였다.

"그, 그렇습니다……. 그렇잖아요? 그렇게 저한테 좋아해, 좋아해, 정말정말 좋아해~, 알라뷰~, 워아이니~, 마하르키타~, 나한테는 당신뿐이에요~, 그런데 사장 오빠, 나, 샤넬의 신작 가지고 싶어~ 하고 말했던 캐서린이……."

"……완전 봉이네요."

시이자키가 한심하다는 듯이 쳐다보며 그렇게 말했지만, 미키모토에게는 그 말이 들리지 않는 것 같았다. 주먹을 말아 쥔 그는 흥분한 목소리로 말했다.

"부사령관님의 얼굴을 본 순간, 눈이 하트 모양이 되더니 그대로 제 곁을 떠나버렸다고요……! 그러니 술을 안 마시고 어떻게 버티냔 말입니다!"

"……뭐, 뭐어, 칸나즈키 씨는 꽤 잘생긴 편이죠."

"그것만이 아닙니다! 부사령관님은 캐서린을 향해 『흐음, 꽤 괜찮은 발을 지니셨군요. 일단 저를 그 발로 밟아주지 않겠습니까? 자, 빨리요! 예? 여기는 그런 가게가 아니라고 요? 아아…… 그거 유감이군요. 그럼 어쩔 수 없죠. 술을 내오세요. 예. 커다란 잔에요. 아, 얼음은 됐습니다. 그 대신, 제가 마시기 전에 당신의 발을 그 술에 담가주지 않겠습니까? 자, 부탁합니다』 같은 소리를 했다고요……!"

"우와아……."

그 장면이 너무나도 생생하게 상상이 된 코토리는 미간을 찌푸렸다. 그 남자라면 그런 소리를 하고도 남았다.

"그러자 캐서린이 진짜로 기분 나빠했고, 검은 옷 입은 형 씨들이 저와 부사령관님을 둘 다 쫓아내더니, 아예 그 가게 에 출입하지 못하게 됐다고요! 게다가 부사령관님이 그때 뭐 라고 했는지 압니까?!『하하, 이런 플레이는 오케이군요』라 고 했어요! 제 마음의 오아시스 중 하나를 박살내놓고 말입 니다!"

"아아…… 그 말만 들어도 뭐가 어떻게 됐을지 충분히 상 상이 되는군요."

"그래서…… 홧김에 저질러버린 거네요."

미노와가 "에잇." 하고 말하면서 둔기를 휘두르는 시늉을 하자, 미키모토는 안색을 바꾸면서 고개를 저었다.

"무, 무슨 소리를 하는 겁니까! 방금 한 이야기는 사실이 지만, 저는 부사령관님을 죽이지 않았어요!"

"아니…… 하지만……."

"미키모토 씨는 지금, 궁지에 몰린 나머지 자신과 피해자 사이의 사연을 전부 털어놓은 범인 같은 표정을 하고 있다고요……."

다른 이들의 시선이 미키모토에게 집중되었다. 미키모토는 "크윽……." 하고 신음을 흘린 후, 미노와를 손가락으로 가리켰다.

"미, 미노와 군! 그런 소리를 하는 자네 또한 애인과 자네 사이를 부사령관님이 엉망진창으로 만들었다면서 불평불만을 늘어놓았잖나!"

"윽……!"

그 말을 들은 미노와는 경악에 찬 표정을 지으며 그 자리에서 딱딱하게 굳어버렸다. 바로 그때, 시이자키는 영문을 모르겠다는 듯이 고개를 갸웃거렸다.

"어……? 하지만 미노와 씨의 애인은……."

"재판은 끝났잖아? 연락조차 취하면 안 되는 걸로 알고 있는데……."

그렇다. 미노와는 〈딥 러브〉라는 별명에 걸맞게 사랑이 지나치게 깊은 탓에 과거에 사귀었던 애인과 소송을 하게 되었고, 지금은 법률에 의해 그와 접촉할 수 없게 되었다.

코토리가 묻자, 미노와는 굳은 표정을 지으며 고개를 끄덕였다.

"예……. 그래서 저는 최근 몇 년 동안 들키지 않기 위해 알리바이 공작을 하면서 그의 행동을 관찰하기만 했어요……. 그를 만지는 것은 고사하고 대화를 나눌 수도 없지만…… 그래도 저는 행복했어요. 일을 끝내고 제 방에서 그의 생활음을 듣는 것만으로도, 저는……."

"……으음, 미노와 씨는 아직도 질리지 않은 것 같네요."

시이자키가 그렇게 말했지만, 미노와는 들은 척도 하지 않았다.

"하지만 그 사실을 안 칸나즈키 씨가 이렇게 말했어요. 『아아…… 일편단심으로 애인을 생각하는 당신의 그 마음, 너무나도 아름답군요! 저도! 저도 당신을 돕고 싶습니다!』하고 말이죠……. 그때는 정말 기뻤어요. 저와 그의 퓨어하고 플라토닉한 러브를 이해해주는 사람이 나타났으니까요! 하지만, 그건 제 착각이었어요……."

미노와는 눈물을 훔치는 시늉을 한 후, 말을 이었다.

"칸나즈키 씨는 아무도 없는 그의 방에 몰래 들어가 온 집에 제 사진을 붙였어요……! 그 결과, 방에 설치해둔 도청기와 몰래카메라가 발견된 데다, 지금까지 그에게 걸려온 무응답 전화의 범인이 저라는 게 밝혀져서, 저는 재판소에 재출두하게 됐다고요……! 그 상황에서 칸나즈키 씨가 뭐라고 했을 것 같아요? 『어? 장기적인 방치 플레이 아니었나요?』라고 말했다고요! 저와 그의 퓨어 러브를 박살내놓고요! 칸나즈키, 네 이 놈! 네놈만큼은 절대 용서 못한다아아아아아앗!"

미노와는 귀신같은 표정을 지으면서 울부짖었다. 그런 그녀의 옆에 있던 시이자키는 식은땀을 흘리면서 말했다.

"⋯⋯그런 걸 두고 『범행이 들켰다』고 할 것 같은데⋯⋯. 그리고 미노와 씨의 애인에게 있어 칸나즈키 씨는 히어로네요⋯⋯."

"그리고, 그 원한 때문에 죽여 버린 거군요⋯⋯."

나카츠가와가 그렇게 말하자, 미노와는 흥 하고 코웃음을 치면서 팔짱을 꼈다.

"그딴 짓 안 했어. 나는 꼬리가 잡힐 만한 짓은 하지 않는다구."

"""⋯⋯⋯⋯"""

그 말에는 묘한 설득력이 있었다. 그 말을 들은 승무원들은 볼을 씰룩거리면서 쓴웃음을 지었다.

"게다가 나도 살해 동기가 있는 사람을 알아. ―그렇지? 나카츠가와 군."

미노와는 나카츠가와를 힐끔 쳐다보면서 말했다. 갑자기 자신의 이름이 언급되자, 나카츠가와는 놀랐는지 몸을 부르르 떨었다.

"저, 저 말입니까⋯⋯?"

"응. 얼마 전에 말했었지? 칸나즈키 씨가 네 마누라를 더럽혔다고 말이야."

"⋯⋯큭!"

미노와가 그렇게 말한 순간, 안경 너머에 존재하는 나카츠가와의 눈에 흉포한 짐승 같은 안광이 어렸다.

"심상치 않은 소리네. 대체 무슨 일이 있었던 거야?"

"그게……."

코토리가 묻자, 나카츠가와는 어둠을 머금은 듯한 눈빛을 띤 채 이야기를 시작했다.

"한 달 전에 있었던 일입니다. 제가 방에서 메이를 귀여워해주고 있을 때……."

"메이?"

"나카츠가와 씨가 소중히 여기는 피규어예요. 뭐시기 미스티라는 여자아이용 애니메이션의 캐릭터래요."

"아, 그렇구나."

시이자키가 낮은 목소리로 설명을 해줬다. 코토리는 그 말을 듣고 납득을 했는지 고개를 끄덕였다.

"지나가던 칸나즈키 씨가 메이에게 관심을 보이기 시작했어요. 확실히 메이는 다른 왈큐레에 비해 젊고, 미성숙한 바디가 매력이죠. ……칸나즈키 씨의 취향에 딱 맞는 캐릭터이기는 해요. 그때는 저도 텐션이 올라가서 칸나즈키 씨와 의기투합을 한 후, 그대로 둘이서 술을 마셨죠."

나카츠가와는 울분을 참는 시늉을 하면서 말을 이었다.

"하지만…… 그건 실수였어요. 저는 오래간만에 술을 마시고 기분이 좋아진 나머지, 그대로 잠이 들었죠. 그리고 정

신이 든 순간, 눈앞에 펼쳐진 광경을 보고 아연실색했어
요⋯⋯."

"무, 무슨 일이 있었는데?"

코토리가 식은땀을 흘리면서 묻자, 나카츠가와는 안면을
한껏 찌푸리면서 비통한 목소리로 말했다.

"칸나즈키 씨가, 음란하기 그지없는 손길로 메이를 매만지
는 걸로 모자라 혀로 날름날름 핥고 있었다고요오오오오!"

"우와아⋯⋯."

코토리는 얼굴을 한껏 찌푸리면서 한 걸음 물러섰다. 나
카츠가와의 취미는 이해가 되지 않지만, 자신의 물건을 남
이 핥아댄다면 확실히 기분이 나쁠 것이다.

"게다가 더 열 받는 건⋯⋯ NTR 속성은 없는 줄 알았던
제가, 그 모습을 보면서 엄청 흥분했다는 거예요오오오오!
그 후로 저는 그런 시추에이션을 보면 하악하악 거리게 됐
다고요⋯⋯! 이해할 수 있겠어요?! 다른 차원에 존재하는 백
명이나 되는 마누라들을, 그런 시선으로 쳐다봐야만 하는
이 괴로움을 말이에요⋯⋯! 칸나즈키, 네 놈만은 절대 용서
못해! 이 죄는 네 목숨으로도 다 갚을 수 없어⋯⋯!"

"⋯⋯그, 그렇구나."

열변을 토하는 나카츠가와에게 질린 코토리는 땀을 삐질
흘렸다.

바로 그때, 나카츠가와는 어깨를 부르르 떨더니 다른 이

들을 쳐다보면서 변명을 했다.

"하, 하지만, 저는 범인이 아닙니다! 제가 어떻게 사람을 죽이냐고요……!"

""".………."""

다른 이들은 잠시 동안 미심쩍은 눈길로 나카츠가와를 쳐다봤지만, 의심스러운 것은 매한가지라는 사실을 떠올렸는지 거북한 표정을 지으며 고개를 돌렸다.

"……이렇게 이야기를 들어보니, 다들 동기가 있기는 하네……."

코토리가 한숨을 내쉬면서 그렇게 말하자, 다들 복잡한 표정을 지으면서 한숨을 내쉬었다.

"……뭐, 문제가 많은 사람이니까요."

"본인에게 악의는 없었지만요……."

"언동이 너무 기분 나빠요……."

"게다가 진짜배기 변태죠……."

"범인을 옹호하려는 건 아니지만, 심정은 이해가 된다고나 할까요……."

"왜 경찰에게 체포당하지 않았던 걸까요……."

"……."

그리고 집무실은 잠시 동안 기묘한 침묵에 휩싸였다.

하지만— 바로 그때였다.

"─하하하. 다들 이런 곳에 모여서 뭘 하고 있는 겁니까?"

갑자기 집무실의 문이 열리더니, 머리에 붕대를 감은 남자
─ 칸나즈키 쿄헤이가 시원시원한 미소를 머금은 채 방 안
으로 들어왔다.

집무실에 모여 있던 이들은 한 순간 눈을 동그랗게 뜬
후…….

"우, 우와아아아아아아아아아아앗?!"

"어, 어어어어어어……!"

"귀, 귀시이이이인?!"

이곳에 존재할 리가 없는 인간이 느닷없이 등장한 탓에
경악하고 말았다.

하지만 당사자인 칸나즈키는 태연한 표정으로 밝게 웃고
있었다.

"어라, 참신한 리액션이군요. 마치 유령이라도 만난 것 같
은걸요."

"칸나즈키……?! 너, 살아있었어?!"

코토리가 묻자, 칸나즈키는 영문을 모르겠다는 듯이 눈을
동그랗게 떴다.

"당연하죠. 앗, 혹시 저를 없는 사람 취급하는 새로운 타
입의 방치 플레이를 시작한 겁니까?! 아앗, 좋군요! 그런 것
도 정말 좋아요~!"

칸나즈키는 몸을 배배 꼬면서 볼을 붉혔다. ……코토리는 눈을 게슴츠레하게 떴다. 눈앞에 있는 이는 칸나즈키 본인이 틀림없었다. 그와 똑같이 생긴 다른 사람이거나, 생이별한 쌍둥이일 가능성은 낮아 보였다.

그 후, 코토리는 아까부터 침묵을 지키고 있는 레이네를 쳐다보았다.

"저기, 레이네. 뭐가 어떻게 된 거야? 너, 아까 칸나즈키가 죽었다고—."

"……응? 그런 말은 한 적 없는데?"

"뭐? 하지만 분명—."

코토리는 말을 이으려다 칸나즈키의 사체(?)를 발견한 당시의 상황을 떠올렸다. 분명 레이네는 칸나즈키의 맥을 짚은 후, 고개를 저으면서 "……유감이야." 하고—.

"……아."

분명, 죽었다고는 한 마디도 하지 않았다.

"헤, 헷갈렸잖아……!"

코토리가 머리를 거칠게 긁는 사이, 칸나즈키는 집무실 안이 평소와 다르다는 사실을 눈치챈 것 같았다. 눈을 치켜뜬 그는 오열을 참듯 손으로 입을 막았다.

"서, 설마, 여러분, 저를 걱정하고 계셨던 겁니까……! 아아, 정말 감동적인 광경이군요! 정말 아름다운 세상이에요!"

칸나즈키는 그렇게 말하면서 두 팔을 벌렸다.

그 모습을 본 승무원들은 미간을 좁히더니―.

"""…………하아."""

―땅이 꺼져라 한숨을 내쉬었다.

"응? 여러분, 왜 그러시죠?"

"아…… 아무것도 아니에요."

"예, 진짜로 아무 것도 아닙니다."

"범인 자식, 왜 숨통을 제대로 끊어버리지 않은 거냐, 같은 생각은 눈곱만큼도 안 했어요."

"흐음, 그런가요."

칸나즈키는 "하하하." 하고 웃었다. 그 모습을 본 승무원들은 복잡한 표정을 지으면서 또 한숨을 내쉬었다.

"……잠깐만. 아직 이야기는 끝나지 않았어. 칸나즈키가 무사한 건 다행이지만, 아직 사건은 해결되지 않았단 말이야. ―칸나즈키."

"예. 무슨 일입니까."

코토리의 말에 대답하듯, 칸나즈키는 표정을 굳히면서 말했다.

"너, 이 방에서 의식을 잃고 있었던 건 기억해?"

"예. 물론이죠."

"―그럼, 꽃병으로 너를 때린 범인도 기억하겠네. 대체 누구야?"

코토리가 묻자, 승무원들은 긴장한 표정을 지으며 마른

침을 삼켰다. 그럴 만도 했다. 죽은 줄 알았던 피해자가 살아있었던 것이다. 피해자 본인보다 확실한 증인은 존재하지 않으리라.

하지만…….

"범인……이라뇨? 저는 그저 넘어졌을 뿐입니다만?"

"뭐……?"

코토리는 뜻밖의 말을 듣고 눈을 동그랗게 떴다.

"그, 그게 무슨 소리야?"

"무슨 소리긴요. 방금 말한 대로입니다."

"뭐어?! 그럼 왜 내 집무실에 있었던 거야! 그리고 흉기인 꽃병은 어디서 난 건데?!"

코토리가 눈썹을 찌푸리면서 묻자, 칸나즈키는 보는 사람이 화가 다 날 만큼 환한 미소를 지으면서 엄지를 치켜들었다.

"실은 초소형 카메라를 내장한 꽃병을 사령관님의 집무실에 놔두려다 미끄러졌습니다!"

"""…………."""

코토리를 비롯해, 이 방안에 있는 이들 모두가 침묵에 잠겼다.

"……시이자키."

"예."

그 침묵을 깨듯, 코토리는 작은 목소리로 그렇게 말했다. 그리고 그 말에 담긴 뜻을 바로 눈치챈 시이자키가 아까 떨어뜨렸던 짚인형을 코토리에게 건넸다.

짚인형을 건네받은 코토리는 몸통 부분을 있는 힘껏 비틀었다.

그러자 불가사의하게도, 방 입구에 서있던 칸나즈키가 배를 움켜쥐면서 그 자리에서 무너지듯 주저앉았지만―.

"감사합니다앗?!"

그는 고통스러워하면서도, 왠지 기뻐하고 있는 것처럼 보였다.

토카 리버스
ReverseTOHKA

DATE A LIVE ENCORE 4

"……으윽."

—상점가는 왜 휴일만 됐다하면 이렇게 사람들로 붐비는 것일까.

나츠미는 그런 생각을 하면서 주위를 두리번거렸다.

곱슬머리를 둘로 나눠묶은 아담한 체구의 소녀는 불안 탓에 일그러진 눈동자와 새하얀 얼굴을 지녔으며, 야윈 어깨는 희미하게 떨리고 있었다.

하지만 그것은 최대한 호의적으로 해석한 표현이었다. 나츠미의 곱슬머리는 프랑스 인형처럼 아름답게 부푼 곱슬머리가 아니라, 목욕을 한 후 드라이기로 말리는 것을 깜빡해 빗질로 되지 않을 만큼 뻣뻣한 곱슬머리다. 그리고 아담하고 야위었다는 말 또한 표현 자체에서 느껴지는 것처럼 귀여운 느낌이 아니라 영양실조에 걸린 어린애 같은 느낌에 가까웠다. 두 눈동자가 불안하면서도 언짢아하고 있는 모습인 것은 사실이지만, 원래부터 그렇게 생겼기에 『일그러졌다』는 표현은 합당하지 않다는 생각이 들었다.

　—자기 자신을 그렇게 평가하고 있는 나츠미가 남의 시선을 신경 쓰는 것은 어찌 보면 필연적인 일일지도 모른다.

　"……으, 윽."

　주위에 있는 사람들이 자신을 쳐다보면서 쿡쿡 웃고 있는 듯한 망상이 머릿속을 스쳤다. 나츠미는 마치 마법사가 나타나지도 않았는데 무도회에 온 신데렐라가 된 기분을 맛보고 있었다. 초라한 행색을 한 신데렐라를 본 상류층 귀족들이 입가를 가린 채 웃고 있는 듯한 착각마저 들었다.

　게다가 나츠미는 신데렐라처럼 본바탕이 좋지도 않았다. 덤으로 마음이 깨끗하지도 않았다. 그렇기 때문에 나츠미의 앞에는 마법사가 나타나지 않는 걸지도 모른다.

　—아아, 그런데 왜 이런 곳에 와버린 걸까. 쿡쿡, 쿡쿡, 어딘가에서 나츠미를 비웃는 소리가 들리는 듯한 느낌이 들었다. 머릿속이 혼란스러웠다. 시야가 일그러졌다. 뭐가 뭔지 알 수가 없었다.

　하지만—.

　"……나츠미 씨?"

　누군가가 그렇게 말하면서 손을 잡아주자, 나츠미는 현실로 되돌아올 수 있었다.

"아—."

목소리가 들린 곳을 향해 고개를 돌려보니, 그곳에는 한 소녀가 서있었다.

인상적인 곱슬머리를 지닌 아담한 체구의 소녀였다. …… 그런 식으로 표현하면 나츠미와 겉모습이 똑같은 것 같지만, 그것은 목록별 표현이라는 시스템의 구조적 결함이라고 말할 수밖에 없었다.

곱슬머리도 청소용 솔 같은 나츠미의 머리카락과는 다르게 폭신폭신하면서도 부드럽다. 그리고 아담한 체구 또한 썩어문드러진 나뭇조각 같은 나츠미와는 다르게 조그마한 동물처럼 사랑스러움이 넘쳐흐르고 있었다.

그렇다. 이 세상에서 찬란히 빛나고 있는 것들을 인간의 형태로 모은 듯한 성스러운 모습을 지닌 이 사람이야말로 우리의 여신님, 오 나의 요시노님인 것이다.

"괜찮으……세요?"

『아하하~. 나츠미, 좀 당황한 것 같네~.』

요시노, 그리고 그녀가 왼손에 장착한 토끼 모양 퍼핏 인형 『요시농』이 그렇게 말했다. 절망의 구렁텅이 앞에 서있던 신데렐라 눈앞에, 왕자님과 마법사가 같이 나타난 것만 같았다. 나츠미는 긴장한 탓에 딱딱하게 굳어버렸던 몸이 약간이나마 자유로워진 듯한 느낌을 받았다.

"미, 미안해……. 사람 많은 곳에 영 익숙하지가 않거든."

나츠미가 거북해 하면서 그렇게 말하자, 요시노는 그런 그녀를 비웃기는커녕 진지한 목소리로 말했다.

"아, 실은 저도…… 익숙하지 않아요. 하지만, 오늘은 괜찮아요. 요시농과…… 나츠미 씨가, 같이 있으니까요."

"요시노……."

요시노가 자애에 찬 목소리로 그렇게 말하자, 나츠미는 무심코 감격의 눈물을 흘리면서 그대로 땅에 머리를 대고 절을 하려 했다.

하지만 나츠미는 겨우겨우 참았다. 그것도 그럴 것이 이곳은 상점가의 한복판인 것이다. 게다가 지금 그녀는 요시노와 사이좋게 쇼핑을 하고 있었다. 이런 상황에서 나츠미가 느닷없이 지면에 엎드린다면, 요시노가 당황하고 말 것이다.

나츠미는 마음속에서 끓어오르는 사랑과 감사의 마음을 겨우겨우 억누른 후, 고개를 끄덕였다.

"그럼…… 다음 가게에 가자. 모자를 살 거랬지?"

"예. 아, 하지만……."

나츠미가 그렇게 말하자, 요시노는 근처에 있는 시계를 올려다보면서 대답했다.

"곧 점심시간이니까, 식사부터 하는 건 어떨까요?"

"아, 벌써 시간이 그렇게 됐네……."

그러고 보니 배도 적당히 고팠다. 역시 요시노다. 거기까지 생각이 미치다니, 정말 배려의 화신이다. 분명 좋은 아내가 될 것이다. 결혼해야겠다.

"그래. ……뭐라도 좀 먹자."

"예. 그렇게 해요."

"아, 하지만 우리는 두 명과 한 마리니까 레스토랑 같은 데 가면 그렇게 좋아하지 않을지도 몰라……."

나츠미는 그렇게 말하면서 인상을 썼다.

사실 나츠미는 일전에 요시노&『요시농』과 외출했을 때, 점심을 먹으려고 좀 고급스러워 보이는 레스토랑에 간 적이 있었다. 그때 점원은 "두 분이십니까?", "보호자 분은 어디 계시죠?" 같은 소리를 했다.

모든 가게가 다 그렇지는 않을 테고, 그 가게에서도 문전박대를 당하지는 않았다. 하지만 나츠미는 낯가림이 심해서 음식 주문을 하는 것도 꽤나 힘들었다. 트라우마까지는 아니지만 그 경험이 심리적인 허들이 되고 있다는 점은 부정할 수 없었다.

요시노도 그 일이 생각났는지 약간 난처한 표정을 지으면서 아하하 하고 쓴웃음을 지었다.

"확실히 그러네요……."

『저기저기, 그럼 이러는 건 어때~?』

바로 그때, 좋은 생각이 난 듯한 『요시농』이 길을 따라 늘어서 있는 가게들을 가리키듯 손을 들었다.

『여기에는 타코야키나 풀빵, 붕어빵처럼 바로 사서 먹을 수 있는 걸 파는 가게가 잔뜩 있잖아. 이 근처에서 파는 맛난 것들을 사서 공원 벤치에서 먹는 것도 괜찮을 것 같지 않아~?』

"흐음…… 그것도 괜찮겠네."

확실히 그렇게 하면 나츠미와 요시노와 『요시농』, 이렇게 두 명과 한 마리가 사러 가도 부자연스럽게 생각하지는 않으리라.

"그럼 그렇게 할까?"

"예."

요시노는 고개를 끄덕였다. 나츠미는 고개를 끄덕인 후, 요시노와 함께 상점가 안을 걷기 시작했다.

이곳을 걷는 것은 처음이 아니지만, 유심히 보니 의외로 테이크아웃이 가능한 먹거리를 파는 가게가 많았다. 나츠미는 작은 목소리로 탄성을 터뜨렸다.

"흐음…… 이렇게 둘러보니 꽤 종류가 많네. 주먹밥에 와플에…… 야, 구이식 샤오룽바오도 있어."

"후후……."

바로 그때, 옆에서 걷던 요시노가 웃음을 터뜨렸다.

"어?! 으, 으음, 내가 이상한 소리라도 했어? 확 죽어버리는 편이 나을까?"

"아, 그런 건 아니에요……!"

나츠미가 그렇게 말하자, 요시노는 당황한 것처럼 고개를 저었다.

"그냥, 이러고 있으니까, 즐거워서요……."

"뭐?"

"친구와 같이 외출해서, 용돈으로 먹을 걸 산 후, 그걸 공원에서 같이 먹는다……. 분명 다른 사람들에게는 별 것 아닐 일일 거예요. 하지만, 저는…… 그게 너무 기뻐요……."

요시노는 멋쩍은 듯한 미소를 지으면서 볼을 살짝 붉혔다.

"요시노……."

그 모습을 본 나츠미 또한 덩달아 볼을 붉혔다.

"그, 그래……. 우리는 치, 치치, 친구 사이지……."

나츠미는 친구, 라고 하는 여전히 입에 익지 않은 단어를 겨우겨우 입에 담았다. 그러자 요시노는 환한 미소로 그 말에 답했다. 너무 귀여웠다. 결혼해야겠다.

나츠미가 그런 생각을 하고 있을 때, 요시노는 뭔가 놀라운 것을 본 것처럼 눈을 크게 뜨면서 걸음을 멈췄다.

"아―."

"응? 요시노, 왜 그래?"

"아, 저기 있는 사람은……."

요시노는 그렇게 말하면서 앞쪽을 손가락으로 가리켰다.

요시노가 손가락으로 가리키고 있는 방향을 쳐다본 나츠미는 "아." 하고 짧게 말했다. 그곳에는 눈에 익은 인물이 서 있었다.

그 사람은 검은색 옷을 걸친 아름다운 소녀였다. 바람에 흩날리는 칠흑빛 머리카락. 앞쪽을 차분하게 응시하고 있는 수정 같은 눈동자. —틀림없다. 나츠미, 요시노와 같은 맨션에서 사는 정령, 야토가미 토카다.

토카는 현재 타코야키 가게 앞에 선 채 손에 든 타코야키 팩을 미심쩍은 눈길로 쳐다보고 있었다.

"토카 씨…… 맞죠?"

요시노는 약간 자신 없는 듯한 목소리로 말했다.

하지만 나츠미는 요시노의 말끝에 의문 부호가 붙은 이유를 이해했다.

저 사람은 토카가 분명했다. 나츠미와 요시노가 동시에 토카를 알아보지 못할 가능성은 낮은데다, 저렇게 아름다운 소녀가 이 세상에 몇 명이나 있을 리도 없다.

하지만, 토카는 어딘가 평소와 달라 보였다. 구체적으로 어디가 이상한지 묻는다면 딱 잘라 대답할 수 없지만, 뭐랄까…… 나츠미와 요시노가 아는 토카와는 분위기가 조금 다른 듯한 느낌이 들었다.

평소의 토카를 애완견이라고 한다면, 저 토카는 고독한 야생 늑대라고나 할까. 표정과 행동거지에서 위험한 분위기가 느껴졌다.

"……왜 저러지? 타코야키에 이상한 거라도 들어있었던 걸까?"

"그런 건 아닌 것 같은데요……."

나츠미와 요시노가 고개를 갸웃거리고 있을 때, 토카는 굳은 표정으로 타코야키 하나를 집었다. 그리고 킁킁 하고 냄새를 맡아본 후, 그것을 입안에 넣었다.

토카는 몇 초 동안 그것을 씹은 후, 꿀꺽 삼켰다.

"……흠."

그리고 눈썹 끝이 움찔하는가 싶더니, 무표정한 얼굴로 휙, 꿀꺽, 휙, 꿀꺽, 하고 리드미컬하게 남은 타코야키를 먹어댔다.

"으음…… 역시 평소의 토카지……?"

"하지만, 평소의 토카 씨라면 더 맛있게 먹었을 거예요."

『맞아~.』

나츠미의 말에 답하듯, 요시노와 『요시농』이 입을 열었다. 타코야키를 먹는 템포로 볼 때, 타코야키 자체를 싫어하는 것 같지는 않았다(오히려 매우 좋아한다고 해도 과언이 아닐 스피드였다). 하지만 그녀의 표정은 무미건조했다. 솔직히 말해 저 타코야키를 만든 사람이 보고 기뻐할 만한 표정은 아니었다. 언제나 과장스러운 리액션을 보이던 토카답지 않았다.

바로 그때, 토카는 타코야키를 다 먹은 것 같았다. 그녀는 입술에 묻은 소스를 핥은 후, 걸음을 옮겼다.

그러자, 타코야키 가게의 주인이 당황한 목소리로 토카를 불러 세웠다.

"저기, 손님. 아직 계산을 하지 않으셨는데요……."

"……음?"

토카는 미간을 살짝 찌푸리면서 걸음을 멈추더니, 가게 주인의 얼굴을 힐끔 쳐다본 후, 다시 걸음을 내디뎠다.

"자, 잠깐만요! 이러시면 곤란합니다!"

가게에서 나와 토카를 쫓아간 주인은 그녀의 어깨에 손을 얹었다.

그 순간—

"무슨 짓을 하는 것이냐, 이 미천한 녀석아."

토카가 차가운 목소리로 그렇게 말한 순간, 가게 주인의 몸이 보이지 않는 손에 밀쳐진 것처럼 튕겨져 날아가더니, 그대로 지면에 내동댕이쳐졌다.

"으윽?!"

"흥."

가게 주인이 짧게 비명을 지르자, 토카는 코웃음을 친 후 다시 걸음을 옮겼다.

나츠미와 요시노는 길을 오가는 사람들과 마찬가지로 그 광경을 멍하니 쳐다보고 있었지만, 곧 깜짝 놀란 표정을 지으며 그 주인을 향해 뛰어갔다.

"괘, 괜찮……으세요?"

"아야야…… 고, 고마워, 아가씨."

요시노가 걱정 섞인 목소리로 말을 걸자, 가게 주인은 지면에 부딪힌 등을 매만지면서 몸을 일으켰다. 참고로 나츠미도 한 마디 할까 했지만, 모처럼 성소녀(聖少女) 요시노께서 한 말씀 하고 계신데 자신 따위가 끼어들어 산통을 깨는 것도 좀 그렇다는 생각이 들어 그냥 입을 다물고 있었다. 결코 입이 떨어지지 않은 것은 아니다. 절대 아니다.

"방금 그 애는 뭐야……. 일단 무전취식범이니까 경찰에 신고 해야……."

"……아! 저, 저기……!"

가게 주인이 경찰을 부르면 곤란하다고 말하는 듯한 표정을 지은 요시노는 500엔짜리 동전을 지갑에서 꺼냈다.

"정말 죄송해요. 제가 대신 계산할 테니까, 경찰을 부르지는 말아주세요……."

"뭐? 왜 아가씨가 대신 계산하는 거야?"

"으음, 그게…… 죄, 죄송해요……!"

요시노는 고개를 푹 숙이더니, 그대로 토카가 걸어간 방향을 향해 내달렸다.

"아, 요, 요시노!"

나츠미도 허둥지둥 요시노의 뒤를 쫓으며 달렸다.

무단취식을 저지른 토카는 딱히 당황한 기색도 없이 천천히 길을 따라 걷고 있었다. 덕분에 보폭이 작은 나츠미와 요시노도 얼마 지나지 않아 그녀를 따라잡을 수 있었다.

"토, 토카 씨……!"

요시노는 토카의 이름을 불렀다.

하지만 토카는 걸음을 멈추지 않았다. 의도적으로 무시하고 있다기보다, 마치 그게 자신을 향한 말이라는 사실을 눈치채지 못한 것 같았다.

"……어?"

나츠미와 요시노는 서로의 얼굴을 쳐다본 후, 다시 달리기 시작했다. 그리고 토카를 막아서듯 그녀의 앞에 섰다.

토카는 그제야 두 사람과 한 마리의 존재를 눈치챘다는 듯이 걸음을 멈췄다.

"토카 씨, 대체 왜 그런 짓을 한 건가요……?"

『맞아~. 뭔가를 샀으면 돈을 내야지~.』

"……마, 맞아."

"…………"

요시노와 『요시농』, 나츠미가 주의를 주자, 토카는 눈썹을 찌푸렸다.

그리고…….

"—네 녀석들은 누구냐?"

토카는 평소의 그녀와는 전혀 다른 냉담한 목소리로 그렇게 말했다.

"어……?"

"무, 무슨 소리를 하는 거야……?"

토카가 뜻밖의 반응을 보이자, 요시노와 나츠미는 당혹스러운 표정을 지었다.

평소의 토카와 너무나도 달랐기에, 역시 사람을 잘못 본 것이 아닐까 하는 생각이 두 사람의 머릿속을 스쳤다.

하지만 두 사람과 마주서있는 소녀의 외모는 토카와 똑같았다. 만약 토카에게 생이별한 쌍둥이가 있다면 이야기가 달라지겠지만…… 야마이 자매 이외의 쌍둥이 정령은 아직 확인되지 않았다.

그렇다고 무전취식 때문에 혼날까 싶어서 다른 사람인 척…… 한다고 보기도 어려웠다. 토카는 자신이 잘못했다는 사실을 자각했다면, 바로 그 사실을 인정하며 사과했을 것이다.

두 사람이 상황을 이해하지 못하고 있는 사이, 뭔가를 눈치챈 듯한 토카는 눈썹 끝을 살짝 움직이면서 요시노의 얼굴을 뚫어져라 쳐다보았다.

"……네 녀석의 얼굴은 낯이 익구나. 어째서 내 앞길을 막아서는 것이냐."

"토, 토카 씨……?"

"꺼져라. 안 그러면 용서하지 않겠다."

토카는 날카로운 눈빛으로 요시노와 나츠미를 노려보았

다. 그녀에게서 강렬한 위압감을 느낀 두 사람은 "히익." 하고 숨을 삼키면서 그 자리에서 얼어붙었다.

"……음?"

하지만 토카는 두 사람에게서 흥미가 사라졌다는 듯이 고개를 돌리더니, 어딘가를 향해 성큼성큼 걸음을 옮겼다.

그녀가 향하고 있는 곳에는 고기말이 주먹밥을 파는 가게가 있었다. 아무래도 저 가게에서 나는 맛있는 냄새에 끌린 것 같았다.

"휴, 휴우……. 대체 뭐가 어떻게 된 거야? 왜 우리를 위협하는 거냐구……."

"하, 하지만, 저대로 내버려둘 수는 없어요……."

나츠미가 한숨을 내쉬자, 요시노는 걱정 섞인 목소리로 말했다.

이런 사소한 일에서도, 평범한 사람 수준에도 미치지 못하는 배려심을 지닌 나츠미와 하늘에 계신 우리 요시노의 차이는 훤히 드러났다. 나츠미는 자괴감과 선망을 느끼며 고개를 끄덕인 후, 요시노와 함께 토카의 뒤를 쫓았다.

◇

"우랴아압!"

야마이 카구야는 힘찬 기합을 내지르며 글러브를 낀 오

른손으로 펀칭머신을 때렸다. 과녁이 그려진 소형 샌드백이 뒤쪽으로 쓰러지더니, 액정 화면에 표시된 어깨에 패드를 넣은 모히칸 머리 거한이 코피를 뿜으며 날아갔다.

그 후, 빰빠라밤! 하는 경쾌한 소리가 나면서 화면에 『299pt!!』라는 글자가 표시되었다.

"크윽, 1포인트 차이인 게냐⋯⋯?! 기계 따위가 건방지게 도 이 몸의 뜻을 거스르다니⋯⋯!"

카구야는 인상을 쓰면서 분통을 터뜨렸다. 바로 그때, 뒤 편에서 웃음소리가 들렸다.

"칭찬. 일단 목표 점수에서 1점만 차이 난 카구야를 칭찬 하도록 하죠. 하지만 유감이군요. 정확하기 그지없는 일격 을 지닌 유즈루를 이기기 위해서는, 미세한 오차도 범해서 는 안 됩니다."

흐흥, 하고 코웃음을 치며 그렇게 말한 이는 카구야의 쌍 둥이 자매인 야마이 유즈루였다. 유즈루는 카구야를 쏙 빼 닮은 얼굴로 잘난 척하는 표정을 지으며, 카구야와는 전혀 닮지 않은 가슴을 쑥 폈다. 그러자 카구야는 여러 가지 의 미를 담아 "큭." 하고 말하며 미간을 찌푸렸다.

"아직 결과는 알 수 없는 거잖아! 자아, 이번에는 유즈루 차례야!"

카구야는 오른손에 낀 글러브를 벗어서 유즈루에게 건넸 다. 유즈루는 자신만만하게 그 글러브를 왼손에 끼더니, 펀칭머신 앞에 섰다.

카구야와 유즈루는 텐구 시 안에 있는 게임센터에 와있었다. 오늘은 휴일이라 둘이서 놀러온 것인데…… 세끼 식사보다 승부를 더 좋아하는 야마이 자매가 게임센터 같은 오락 시설의 천국에 와서 승부를 하지 않을 리가 없었다.

두 사람은 현재 격투 게임, 레이싱 게임, 리듬 게임, 에어 하키로 승부를 해서 2승2패를 거뒀다. 그리고 이 펀칭머신으로 승부를 가리기로 한 것이다.

하지만 단순한 힘 대결은 게임성이 없다. 그래서 두 사람은 사전에 목표 점수를 정해둔 후, 누가 더 목표에 가까운 점수를 내는지로 승부를 내기로 했다.

"미소. 후후, 유즈루 펀치의 정확도를 보여주죠."

유즈루는 자신만만한 미소를 지으며 펀칭머신에 100엔짜리 동전을 투입했다. 그리고 액정화면에 표시된 화려한 연출을 보면서 글러브의 감촉을 확인하듯 펑, 펑 소리 나게 자신의 손바닥을 때렸다.

『―히얏호!』

험악한 인상을 지닌 캐릭터가 괴성을 지르면서 화면 안에 나타났다. 그와 동시에 화면 중앙에는 『때려라!』 라는 글자가 표시되었다.

"구타. 에잇~."

유즈루는 딱히 기합이 들어간 것 같지는 않은 소리를 지

르면서 샌드백을 때렸다. 붉은색 인조 가죽에 감싸인 샌드
백은 시원시원한 소리를 내면서 뒤쪽으로 쓰러졌다.

그 순간, 화면 안의 캐릭터가 날아가더니 포인트가 표시되
었다.

─카구야와 마찬가지로 『299pt!!』가 말이다.

"오예! 동점!"

카구야는 그 포인트를 보자마자 주먹을 말아 쥐며 기뻐했다.

……점수가 같으니 카구야가 이긴 것은 아니지만, 그녀는
유즈루의 자신만만한 태도를 보고 일말의 불안감을 느낀
것 같았다.

"오산. 힘을 너무 뺀 것 같군요. 성공한 줄 알았는데……."

유즈루는 분통을 터뜨리듯 낮은 신음을 흘리면서 글러브
를 벗은 후, 왼손을 몇 번 쥐락펴락했다.

"흐흥, 아무튼 한 번 더 하자! 글러브 내놔! 이번에야말로
300점을 내주겠어!"

카구야가 그렇게 말하면서 손을 뻗자, 유즈루는 그녀에게
글러브를 건네─주려다 갑자기 움직임을 멈췄다.

"응? 왜 그래?"

"주시. 카구야, 저쪽을 보세요."

"어디 말이야?"

카구야는 유즈루가 쳐다보고 있는 곳을 향해 고개를 돌
렸다. 그러자 아는 얼굴이 눈에 들어왔다.

"어, 토카잖아. 웬일로 게임센터에 혼자 온 거지?"

카구야는 눈을 동그랗게 뜨면서 말했다. 그렇다. 그 사람은 바로 야마이 자매와 같은 학교에 다니고 있는 정령, 토카였다.

"의아. 하지만 어딘가 좀 이상해요."

유즈루는 영문을 모르겠다는 표정을 지으면서 고개를 갸웃거렸다.

카구야도 유즈루의 말에 동감했다. 어디가 어떻게 다른지 꼭 집어서 말할 수는 없지만, 토카는 야마이 자매가 아는 토카와 분위기가 좀 다른 듯한 느낌이 들었다.

"으음...... 무슨 일 있나? 어이, 토카!"

카구야는 게임센터 안을 가득 채운 게임 소리에 지지 않을 만큼 큰 목소리로 토카를 불렀다.

하지만 토카는 반응을 보이지 않았다. 카구야는 숨을 크게 들이마신 후, 몸을 앞으로 쑥 내밀면서 더 큰 목소리로 외쳤다.

"어어어어어어이! 토카아아아아앗!!"

"......음?"

그제야 토카는 카구야를 향해 고개를 돌렸다.

하지만 그녀의 표정에는 위화감이 어려 있었다. 누군가가 자신의 이름을 불렀을 때의 표정이 아니라, 괴성을 지르는 수상한 인물을 발견한 듯한 표정을 짓고 있었던 것이다.

토카는 차분한 발걸음으로 카구야와 유즈루에게 다가오더니, 거만하게 팔짱을 꼈다.

"네 녀석들도 낯이 익구나. 방금 나를 부른 게냐? 아까 전의 그 조그만 녀석들과 같은 호칭으로 나를 부른 것 같다만, 무슨 일인 게지?"

"뭐……?"

토카가 그렇게 말하자, 카구야는 눈을 동그랗게 떴다. 그리고 유즈루 또한 당혹스러운 표정을 지었다.

"의문. 토카, 왜 그러세요? 말투가 꼭 상태가 심각해졌을 때의 카구야 같잖아요."

"상태가 심각해졌다, 같은 괜한 소리 하지 말라구!"

카구야는 고함을 질렀다. 하지만…… 유즈루의 말이 이해가 되지 않는 것은 아니었다. 원래 토카는 약간 고풍스러운 말투를 쓰기는 했지만, 오늘은 평소보다 그 정도가 더 심했던 것이다.

토카는 카구야와 유즈루의 말다툼을 관심 없다는 듯한 눈길로 쳐다보― 뭔가를 주시하기 시작했다.

"그건 무엇이냐?"

토카는 유즈루가 들고 있는 글러브를 손가락으로 가리켰다. 카구야는 그 질문을 듣고 또 고개를 갸웃거렸다.

"저건…… 펀칭머신의 글러브야. 토카도 해본 적 있지 않아?"

"없다."

"……."

토카가 초연하기 그지없는 목소리로 그렇게 말하자, 카구야는 몇 초 후…….

"아……."

……하고 말하면서 식은땀을 흘렸다.

토카의 의도랄까, 뭘 하고 있는지를 눈치챈 것이다.

그렇다. 확증은 없지만…… 그녀는 새로운 캐릭터를 만들고 있는 것이다. 카구야도 경험해본 적이 있기 때문에 이해가 되었다.

토카에게도 그런 시기가 찾아온 것이 틀림없다. 말투로 볼 때, 강대한 힘을 지닌 반면 세상물정을 모르는 공주님 타입인 것 같았다. 텔레비전을 보고 「이, 이 상자는 무엇이냐! 안에 사람이 들어있구나!」 같은 말을 하는 캐릭터 말이다. 카구야도 지금의 캐릭터가 정착되기 전에는 그런 속성을 모색해본 적이 있었다.

뭐, 토카가 이쪽 세계에 갓 현계 했을 때는 진짜로 그런 상태였으니, 그녀에게 있어서는 가장 구현하기 쉬운 캐릭터일지도 모른다.

카구야는 볼을 긁적였다. 해주고 싶은 말이 없는 것은 아니지만, 인생의 선배로서 그냥 따뜻한 눈길로 지켜봐주는 편이 좋으리라.

"아…… 그, 그럼 토카도 해볼래?"

"…………."

토카는 미심쩍은 표정을 지으면서 글러브를 받았다.

◇

"—흐흐흐흥흐흐, 흥흐흐흐~흥♪"

이자요이 미쿠는 콧노래를 부르면서 가벼운 발걸음으로 마을 안을 걷고 있었다.

오늘은 오래간만에 일이 잡히지 않았기에 마을에 나와 쇼핑을 하던 미쿠는 우연히 향기가 좋은 바디크림과 목욕소금을 발견해서 기분이 좋았다.

아니, 사실 미쿠의 기분이 좋은 이유는 하나 더 있었다. 미쿠가 지금 향하고 있는 장소도 그녀의 기분에 크게 영향을 끼치고 있었다. —현재 미쿠는 동(東) 텐구의 주택가를 향하고 있었다.

그렇다. 그곳은 미쿠가 사랑하는 달링&스위트 엔젤스가 살고 있는 집과 맨션이 있는 곳이다. 오늘은 오래간만에 모두가 시도의 집에 모여 저녁을 같이 먹기로 한 것이다.

물론 저녁때가 되려면 아직 시간이 있었다. 지금 가더라도 요리는 없을 것이다. 하지만 그래도 상관없다. 시도가 앞치마를 입고 요리를 만드는 모습을 뒤에서 쳐다보는 것 또한 이 저녁 식사 모임의 묘미이기 때문이다.

"흥흐흐~ 아."

길을 가던 미쿠는 백화점의 쇼윈도 앞에서 멈춰 섰다. 그리고 허리에 손을 대면서 포즈를 취했다.

글래머러스한 몸매를 지닌 소녀가 잘 닦인 유리에 자신을 비춰보고 있었다. 머리에 쓴 챙 달린 모자와 커다란 선글라스가 얼굴을 가리고 있지만, 그것은 어쩔 수 없다. 아이돌인 미쿠가 이런 곳에서 맨얼굴로 돌아다녔다간 사람들이 알아볼지도 모르기 때문이다.

뭐, 남들이 알아보는 것은 문제가 아니지만, 사인이나 악수 요구에 응하다 시도의 집에 도착하는 시간이 늦어지는 것만큼은 피하고 싶었다.

바로 그때—.

"어머~?"

구두 소리를 내면서 길을 걷던 미쿠는 갑자기 걸음을 멈췄다.

미쿠가 잘 아는 소녀의 뒷모습이 눈에 들어왔기 때문이다.

햇빛을 받아 찬란히 빛나고 있는 칠흑빛 머리카락. —미쿠의 귀여운 스위트 엔젤, 토카다.

시도의 집으로 향하던 도중에 토카와 합류하다니, 행복하기 그지없는 일이었다. 미쿠의 평소 행실을 지켜보고 있던 신께서 상을 내려주신 게 틀림없다. 미쿠는 마음속으로 신에게 감사를 드리면서 크게 손을 흔들었다.

"토카ㅡ."

하지만, 갑자기 말을 멈춘 미쿠는 입가에 손을 대며 미소를 머금었다.

토카의 무방비한 등을 보고, 좋은 생각이 떠올랐기 때문이다.

"우후후후후~."

미쿠는 낮은 웃음을 흘리면서 발소리를 죽인 채 토카에게 다가갔다.

그리고 양손을 활짝 펼치더니, 뒤에서 토카를 꼭 끌어안았다.

"토카 양, 잡았어요~!"

하지만……

"아앗?!"

다음 순간, 미쿠의 두 손이 허공을 갈랐다. 그리고 균형을 잃은 그녀는 그대로 헛발을 몇 걸음 디뎠다.

"어…… 어머?"

미쿠는 선글라스 너머에 있는 눈을 동그랗게 뜬 채, 주위를 두리번거렸다. 방금까지 눈앞에 있었던 토카가 사라지고 말았던 것이다.

잠시 후, 미쿠는 몇 걸음 떨어진 곳에 있는 토카를 발견했다. 미쿠는 방금 일어난 불가사의한 현상 때문에 고개를 갸웃거리면서도, 다시 한 번 토카의 등을 향해 몸을 날렸다.

"에잇! 이번에야 잡고 말겠……."

하지만, 결과는 아까와 같았다. 미쿠가 몸을 날린 순간, 토카의 몸은 그대로 사라져버린 것이다.

"어, 어머……. 또 사라져버렸네요~."

"—이게 무슨 짓이냐."

바로 그때, 뒤쪽에서 목소리가 들려왔다. 깜짝 놀란 미쿠가 숨을 삼키면서 뒤를 돌아보니, 위압적인 분위기를 띤 토카가 서있었다.

"어머? 토카 양……?"

그녀의 얼굴을 본 미쿠는 영문을 모르겠다는 듯이 눈썹을 살짝 찌푸렸다. 눈앞에 있는 토카가, 미쿠가 알고 있는 토카와 어딘가 달라보였기 때문이다.

하지만, 미쿠에게 있어 그런 것은 사소한 문제였다. 확실히 평소에 비해 날카롭기는 하지만 그건 또 그것대로 좋았다. 미쿠는 아양을 떨듯 몸을 배배 꼬면서 어리광부리는 듯한 목소리로 말했다.

"토카 양도 참, 눈치챘고 있었나요~? 그럼 그렇다고 말해주지 그랬어요~. —자, 그럼……."

그리고 독수리가 날개를 펼치듯 손을 활짝 벌리더니, 이번에는 정면에서 토카를 끌어안으려 했다.

하지만 토카가 오른손을 앞으로 내밀어 미쿠의 안면을 밀어내자, 괴조 미쿠는 더는 다가가지 못한 채 날개를 펄럭일 수밖에 없었다.

"으극!"

"네 녀석의 목적은 무엇이냐."

토카는 시선을 날카롭게 만들면서 미쿠의 볼을 압박했다. 그러자 미쿠는 입술을 삐죽 내민 채 우물거리는 목소리로 말했다.

"모, 목쩍이아요…… 쩌는 끄쩌, 또까 냥과 뜨꺼운 뽀옹으 나누꼬 시플 뿌니에오……."

알쏭달쏭한 발음으로 그렇게 말한 미쿠는 활짝 펼쳤던 팔을 오므렸다. 그리고 자신의 얼굴을 잡고 있는 토카의 손을 손가락 끝으로 스윽…… 쓰다듬었다.

"……윽?!"

미쿠의 행동이 뜻밖이었는지, 토카의 표정에 전율이 흘렀다. 그 순간, 토카의 손에서 힘이 빠졌다.

"빈틈 발견~!"

미쿠는 토카의 손아귀에서 빠져나오더니, 그대로 태클을 감행했다.

하지만 미쿠는 토카를 넘어뜨릴 생각이 없었다. 토카의 몸을 꼭 끌어안은 미쿠는 그녀의 부드러운 가슴에 얼굴을 묻더니 스읍~ 하아~ 스읍~ 하아~ 하고 심호흡을 했다.

"콜록~, 콜록~…… 구, 구우우우웃, 프레이그러어어어

언스……!"

"이게."

미쿠가 황홀한 표정을 지으면서 이 세상의 봄을 만끽하고 있을 때, 머리 위쪽에서 분노에 물든 목소리가 들려왔다.

다음 순간, 미쿠는 누군가가 자신의 목덜미를 움켜잡는 감촉을 느꼈다.

◇

"─아, 양파 드레싱이 여기 있었네."

슈퍼마켓 선반과 눈싸움을 하던 이츠카 코토리는 찾던 상품을 발견하고 작은 목소리로 그렇게 말했다.

흰색 리본으로 머리카락을 둘로 나눠묶은 그녀는 왼손에 슈퍼마켓 바구니를 들고 있었고, 오른손으로는 사야할 물건이 적힌 메모 용지를 쥐고 있었다.

"으음, 이걸로 다 샀네~."

그렇게 말한 코토리는 메모 용지와 바구니 안에 든 내용물을 번갈아 보면서 빠진 게 없는지 확인했다. 그 안에는 분말 치즈와 참치 통조림, 그리고 방금 발견한 양파 드레싱. 그리고 내일 아침에 먹을 전갱이와─ 코토리가 좋아하는 막대사탕이 들어있었다.

뭐, 막대사탕은 메모 용지에 적혀 있지 않았지만, 심부름

담당이니 이 정도 이득은 봐도 될 것이다.

오늘 저녁에는 오래간만에 모든 정령들이 한 자리에 모여 같이 식사하기로 했는데, 부족한 식재료가 있어서 코토리가 슈퍼마켓에 파견된 것이다.

"좋아. 완벽해."

주먹을 말아 쥐면서 그렇게 말한 코토리는 메모 용지를 호주머니에 넣은 후, 계산대를 향해 걸어갔다.

그리고 시도가 준 포인트 카드를 제시하는 것을 잊지 않으면서 계산을 끝낸 후, 방금 산 것들을 시장바구니에 넣었다.

참고로 아까까지 이 시장바구니에는 씻어서 말려둔 우유 팩과 플라스틱 그릇이 들어 있었다. 슈퍼마켓 밖에 회수용 박스가 있기 때문에, 시도는 그것들을 버리지 않고 씻어서 말린 후, 슈퍼마켓에 챙겨 와서 회수용 박스에 넣었다. ...... 집을 나설 때 그런 것들이 들어있는 시장바구니를 받은 코토리는 시도의 주부 스킬이 얼마나 엄청난지 다시 한 번 실감했다.

"영차."

코토리는 물건이 가득 든 시장바구니를 어깨에 걸친 후, 자동문을 통해 가게 밖으로 나갔다.

"으응~, 후후후~."

그리고 콧노래로도, 웃음소리로도 들리는 소리를 내면서 시장바구니 안을 뒤지더니, 아까 산 막대사탕을 꺼내 익숙한 손놀림으로 포장을 벗긴 후, 그것을 입안에 집어넣었다.

상큼한 과일향이 입안을 가득 채우자, 코토리는 무심코 행복한 표정을 지었다. 그리고 그녀는 가벼운 발걸음으로 집을 향했다.

한동안 걸어간 코토리는 아는 이의 뒷모습을 발견했다. 어깨까지 기른 머리카락과 가녀린 몸매를 지닌 소녀였다. 손에는 코토리와 마찬가지로 시장바구니를 들고 있었다.

"오리가미~!"

코토리가 손을 흔들면서 이름을 부르자, 소녀는 고개를 돌렸다. 그리고 인형처럼 표정 없는 얼굴로 코토리를 쳐다보았다. 토비이치 오리가미. 오늘 이츠카 가에 모이기로 한 정령 중 한 명이었다.

"코토리."

"이런 데서 다 보네~. 혹시 우리 집에 가는 길이야?"

"응."

오리가미는 무표정한 얼굴로 고개를 끄덕였다. 오리가미에게 다가간 코토리는 은근슬쩍 그녀가 든 시장바구니를 쳐다보았다.

"저기, 뭘 산 거야? 혹시 우리 줄 선물이라도 샀어?"

하지만 시장바구니 안에 든 내용물을 본 코토리는 미심쩍은 표정을 지었다. 그 안에는 수상한 드링크제와 알약이 들어 있었다.

"······이게 뭐야?"

"시도한테만 먹일 거니까 안심해."

"우리 오빠한테도 먹이지 말아줄래?!"

코토리는 반사적으로 그렇게 외치면서 오리가미가 들고 있던 시장바구니를 빼앗으려고 했다. 하지만 오리가미는 몸을 비틀어 코토리의 손을 피했다. 두 사람은 한 동안 코미컬한 춤이라도 추듯 술래잡기를 했다.

"정말~! 오빠한테 이상한 짓 좀 하지 마······ 어, 어라?"

바로 그때, 코토리는 그 자리에서 멈춰 섰다. 상점가 쪽에 몰려 있는 인파가 눈에 들어왔기 때문이다.

길거리 곡예사가 왔거나, 아니면 촬영 같은 거라도 하고 있는 거라고 생각했지만······ 그렇지 않았다. 그 인파 한가운데에 있는 이는 저글링을 하고 있는 곡예사도, 방송 촬영 스태프도 아니라, 코토리가 잘 아는 두 소녀였다.

한 명은 왼손에 토끼 모양 퍼핏 인형을 낀 소녀, 그리고 다른 한 명은 언짢은 듯한 표정을 짓고 있는 새우등 소녀였다.

—그렇다. 둘이서 쇼핑을 하러 갔던 요시노와 나츠미였다.

그 두 사람은 어른 몇 명에게 둘러싸인 채 몸을 웅크리고 있었다. 게다가 그 어른들은 하나같이 음식점의 유니폼이나 가게 이름이 적힌 앞치마를 걸치고 있었다. 아무래도 이 근처에 있는 가게의 종업원들 같았다.

"······저 두 사람, 뭘 하고 있는 걸까?"

"모르겠어. 하지만 평화로운 상황은 아닌 것 같아."

코토리와 오리가미가 그렇게 말하면서 상황을 지켜보고 있을 때였다. 주위를 두리번거리던 나츠미가 어른들이 빈틈을 보인 순간, 부리나케 도망쳤다.

"앗, 거기 서!"

그 사실을 눈치챈 종업원 중 한 명이 언성을 높였지만, 한 발 늦었다. 나츠미는 인파 속에 자신의 몸을 숨긴 채 그대로 도망쳤다. 홀로 남겨진 요시노는 깜짝 놀랐는지 눈을 동그랗게 떴다.

"……나, 나츠미가 도망쳤잖아?!"

"현명한 판단이야."

"그, 그야 그럴지도 모르지만…… 요시노를 두고 갔다구."

나츠미와 요시노는 사이가 좋다. 그러니 나츠미가 요시노를 버리고 혼자 도망칠 리가 없다고 생각하지만…….

코토리가 그런 생각을 하고 있을 때였다.

"저기~, 좀 비켜서주면 안 될까~?"

인파 속에서 그런 목소리가 들리더니, 한 여성이 모습을 드러냈다.

감색 경찰복으로 끝내주는 몸매를 감싼 여성 경관이었다. 아무래도 소동이 벌어졌다는 사실을 알고 이곳에 온 것 같았다.

하지만 그 여성 경관을 본 코토리와 오리가미를 서로를

처다보았다.

그러는 것도 무리가 아니었다. 그 경관은— 변신능력을 사용해 어른으로 변신한 나츠미와 똑같이 생겼기 때문이다.

"자, 뒷일은 내가 맡을 테니까, 이 애를 나한테 넘겨주지 않겠어?"

그렇게 말하면서 요시노의 어깨에 손을 얹은 나츠미는 주위에 있는 종업원들을 처다보았다. 아무래도 나츠미는 도망친 게 아니라 경관으로 변신해서 요시노를 도울 생각이었던 것 같았다.

하지만 종업원들은 느닷없이 나타난 여성 경관을 미심쩍은 눈길로 처다보았다. ……뭐, 그것도 무리는 아니었다. 나츠미는 여성용 경찰복을 입고 있기는 하지만, 치마가 매우 짧은 데다 상의 앞섶이 훤히 벌어져 있어서…… 왠지 그렇고 그런 가게에서 일하는 경찰 코스프레 아가씨 같아 보였기 때문이다.

"저기, 경찰…… 맞죠?"

"응. 맞아. 보고도 모르겠어?"

"……으음, 그럼 경찰수첩을 보여주겠어요?"

"뭐?"

나츠미는 그런 말을 들을 거라고는 꿈에도 생각하지 못한 것 같았다. 그 사실을 증명하듯, 미소를 머금은 채 딱딱하게 굳어버린 그녀의 볼을 타고 땀이 흘러내렸다. 그 반응을

본 종업원들은 더욱 미심쩍은 눈빛을 띠었다.

"정말……."

코토리는 작게 한숨을 내쉬더니, 호주머니에서 검은색 리본을 꺼냈다. 그리고 머리카락을 묶고 있던 흰 리본을 풀고, 검은색 리본으로 바꿔 묶었다.

그 행동은 코토리 특유의 마인드세팅이다. 리본을 바꿔 묶음으로써, 코토리는 순진무구하고 활기찬 여자애에서, 거만하고 드센 사령관으로 변모하는 것이다.

"하아, 어쩔 수 없네."

코토리가 고개를 절레절레 젓자, 옆에 있던 오리가미가 그녀를 쳐다보며 말했다.

"완벽한 이중인격이네."

"너한테만큼은 그런 소리 듣고 싶지 않거든?!"

코토리는 무심코 고함을 질렀다. ……하지만 지금은 그런 말을 신경 쓸 때가 아니었다. 사람들을 헤치며 앞으로 나아간 코토리는 그 두 사람에게 다가가며 말했다.

"나츠미, 요시노, 그리고 요시농. 이런데서 뭘 하고 있는 거야?"

"아—"

"코, 코토리 씨……!"

『오~! 구세주 등장~!』

코토리가 이름을 부르자, 두 사람은 눈을 동그랗게 떴고,

한 마리는 양손을 흔들어댔다.

두 사람을 둘러싸고 있던 종업원들은 그 말을 듣고 코토리를 향해 고개를 돌렸다.

"너, 이 애의 친구니?"

"예, 맞아요."

코토리가 그렇게 말하자, 빵집 점원으로 보이는 남자가 난처하다는 듯이 한숨을 내쉬었다.

"그럼 혹시 이 애 부모님의 연락처를 아니? 아까부터 계속 물어보는데도 가르쳐주지를 않는구나."

"......"

코토리는 볼을 긁적였다. 요시노와 나츠미는 정령이다. 부모님에 대해 물어봤자 대답할 수 있을 리가 없었다.

하지만 문제는 그것이 아니었다. 중요한 것은 이 두 사람이 보호자를 불러야 할 만한 일을 저질렀다는 점이다.

"이 애가 무슨 짓을 했나요?"

코토리가 묻자, 남자는 어깨를 으쓱하면서 말했다.

"뭐, 무전취식, 그러니까 음식 값을 떼어먹으려고 했어. 상품을 먹어놓고 돈이 없다지 뭐야."

"무전취식?"

코토리는 뜻밖의 말을 듣고 눈을 크게 떴다.

요시노와 나츠미가 그런 짓을 할 리가 없는데다, 용돈도 충분히 줬다. 솔직히 말해 믿기지가 않았다.

하지만 그 말을 거짓말로 단정 지을 수도 없었다. 적어도 이렇게 많은 사람들이 피해를 당했다고 주장하고 있는 것이다. 코토리는 "알았어요." 하고 말하며 고개를 끄덕인 후, 호주머니에서 지갑을 꺼냈다.

"얼마죠? 제가 대신 계산할게요."

"네가?"

코토리가 그렇게 말하자, 그는 뜻밖이라는 표정을 지었다.

하지만 그것도 무리는 아닐 것이다. 코토리는 요시노나 방금 도망친 나츠미와 비슷한 또래처럼 보였다. 코토리가 자기 입으로 두 사람의 보호자라고 말해도 믿어주지 않을 것이다.

"하, 하지만……."

"걱정하지 마세요. 두 번 다시 이런 짓을 하지 않도록 제가 잘 타이를게요."

"으음……."

몇 초 동안 고민하던 그는 귀찮은 일에는 관여하고 싶지 않다고 판단했는지, 떨떠름한 표정을 지으며 고개를 끄덕였다.

"……뭐, 우리도 일을 크게 만들고 싶지는 않으니까, 계산만 제대로 해주면 그냥 넘어가겠어."

"고맙습니다."

고개를 숙이면서 그렇게 말한 코토리는 이 자리에 있던 종업원들에게 음식의 가격을 들은 후, 차례차례 돈을 건넸다.

그리고 몇 분 후, 계산을 끝낸 코토리는 다시 요시노와 나츠미를 향해 돌아섰다. 나츠미는 인적 없는 곳으로 가서 원래 모습으로 되돌아왔다.

"—그럼 설명해줄 거지? 대체 뭐가 어떻게 된 거야? 너희 둘 다 지갑이라도 잃어버린 거야? 아니면 돈 낭비라도 했어?"

코토리가 어깨를 으쓱하면서 그렇게 말하자, 요시노와 나츠미는 동시에 고개를 저었다.

"아, 아니에요. 실은……."

요시노는 눈썹을 팔자 모양으로 찡그리면서 사정을 설명했다. 코토리는 그녀의 이야기를 듣더니 무심코 미심쩍은 표정을 지었다.

"토카가?"

"예……. 토카 씨가 여러 가게에 들어가서 계산도 안 하고 음식을 먹었어요……."

"……처음에는 우리가 대신 계산했는데, 나중에는 용돈이 다 떨어져버렸다구……."

『이야~, 코토리가 와줘서 정말 다행이야~. 까딱 했으면 요시노와 나츠미는 빚 때문에 무시무시한 아저씨에게 팔려 갔을 거라구~.』

『요시농』은 농담 삼아 그렇게 말했다. 무전취식으로 그런 사태가 벌어지지는 않겠지만…… 요시노와 나츠미는 낯가림이 심하고 내성적인 정령들이다. 어른들에게 둘러싸여서 많이 무서웠을 것이다.

하지만 지금은 그것보다 신경 쓰이는 게 있었다. 바로 토카다.

"토카가 무전취식…… 요시노나 나츠미가 그랬다는 것보다는 현실미가 있긴 하지만…… 그래도 부자연스럽네."

코토리는 표정을 굳히며 턱에 손을 댔다.

확실히 토카는 정령들 중에서 손꼽히는 대식가다. 하지만 토카는 시도에게 힘이 봉인된 후로 반 년 이상 지났다. 처음에는 상식이 부족했지만, 높은 적응력으로 사회에 순응했고, 요즘 들어서는 별다른 문제를 일으키지 않았다. 그런 그녀가 무전취식을 할 리가 없는 것이다.

자세한 사정은 모르겠지만, 뭔가 좋지 않은 일이 벌어지고 있다는 것은 충분히 상상이 되었다. 코토리는 물고 있던 막대 사탕의 막대 부분을 쫑긋 세우더니, 요시노와 나츠미를 다시 쳐다보았다.

"아무튼 그런 상태의 토카를 내버려둘 수는 없어. 어느 쪽으로 갔는지 알아?"

코토리가 묻자, 요시노와 나츠미와 『요시농』은 동시에 고개를 끄덕인 후, 상점가에 난 길을 손가락으로 가리켰다.

"저쪽이구나……. 그렇게 멀리까지 가지 않았으면 좋겠네."

코토리는 작게 한숨을 내쉬면서 그렇게 말한 후, 요시노와 나츠미, 그리고 뒤에 서있던 오리가미를 데리고 토카를 쫒았다.

　코토리를 비롯한 네 사람과 한 마리가 이동을 시작하고 5분 정도가 흘렀을 즈음이었다.

　"저건……."

　아까보다 더 많은 인파가 몰려있는 곳을 발견한 코토리는 표정을 굳혔다.

　요시노 일행의 이야기를 듣기 전이었다면, 아까와 마찬가지로 이벤트 같은 게 벌어진 거라고 생각했을 것이다. 하지만— 코토리는 저렇게 인파가 몰리는 사태를 벌일 만한 인물을 짐작할 수 있었다.

　"설마, 토카……?"

　"그럴지도 몰라."

　오리가미는 억양 없는 목소리로 대답했다. 코토리는 다른 세 사람과 인파를 헤치며 나아갔다.

　그러자 그 인파의 중심에 있는 두 소녀의 모습이 눈에 들어왔다. 판박이처럼 똑같이 생긴 야마이 카구야, 유즈루 자매였다. 게임센터 앞에 나란히 선 두 사람은 점원으로 보이는 남자에게 혼나고 있었다.

　"어라? 토카가 아니라 카구야와 유즈루네……?"

　코토리는 의아하다는 듯이 눈썹을 찡그렸다. 하지만, 토카가 아니라고 해도 무시할 수 있는 상황은 아니었다. 코토리는 그 두 사람을 향해 걸어갔다.

"카구야, 유즈루."

"……아! 코, 코토리!"

"경악. 요시노와 나츠미, 마스터 오리가미까지……. 어쩐 일이시죠?"

카구야와 유즈루는 깜짝 놀란 듯이 고개를 들었다. 코토리는 하아 하고 한숨을 내쉬었다.

"사람들이 잔뜩 몰려있기에 무슨 일인가 싶어서 보러왔어. 대체 무슨 짓을 한 거야?"

"아, 우리는 아무 짓도 안 했는데……."

"동의. 억울해요."

코토리가 묻자, 두 사람은 당혹 섞인 목소리로 그렇게 말했다.

그러자 두 사람의 앞에 서있던 게임센터 점원이 발끈하면서 팔짱을 꼈다.

"저희 쪽에서도 손님을 의심하고 싶지는 않다고요. 하지만 펀칭머신이 자연적으로 저렇게 부서질 리가 없잖아요."

점원은 그렇게 말하면서 게임센터 안을 손가락으로 가리켰다.

"우와……."

점원이 가리킨 곳을 쳐다본 코토리는 눈을 치켜떴다.

사람들 속에서는 보이지 않았지만, 입구 근처에 설치된 펀칭머신 기계가 무참하게 파괴된 채 연기를 뿜고 있었다. 엄청난 충격을 가하지 않는 한, 저런 식으로 부서지지는 않을 것이다.

"카구야, 유즈루. 너희들……."

"우, 우리 짓이 아냐."

"변명. 사정이 있어서 이렇게 된 거예요."

코토리가 도끼눈을 뜨자, 카구야와 유즈루는 허둥지둥 고개를 저으며 말했다.

점원은 두 사람의 말을 듣더니 미심쩍다는 듯이 미간을 찌푸렸다.

"그러니까 그 사정을 말해달라는 거예요. 대체 무슨 일이 있었기에 이런 사태가 벌어진 거죠?"

"그게……."

"미성(微聲). 코토리. 잠시 이쪽으로 와주세요."

"응? 왜 그래?"

유즈루가 코토리의 손을 잡아끌더니, 그녀의 귀에 얼굴을 댔다. 아무래도 점원에게 들려줄 수 없는 이야기를 하려는 것 같았다.

"폭로. 사실…… 범인은 토카예요."

"뭐?"

코토리는 유즈루의 말을 듣고 무심코 미간을 찌푸렸다. 그리고 유즈루의 뒤를 이어 카구야도 낮은 목소리로 말했다.

"우리 둘이 놀고 있을 때 토카가 갑자기 나타났어. 펀칭머신에 흥미를 보이기에 한번 해보라고 했는데, 그랬더니……."

"충격. 힘 조절하는 걸 깜빡했는지, 샌드백 부분이 박살이 나면서 떨어져나갔어요."

"맞아. 그리고『흥. 재미없군』이라고 말하는 듯한 표정을 짓더니 다른 데로 가버리는 거야. 캐릭터 잡는 것 치고는 좀 심하지 않아?"

"긍정. 바로 그때 점원이 뛰어오더니 머신 앞에 있는 유즈루와 카구야를 범인으로 의심했어요. 하지만 범인이 토카라는 것을 밝혀서 문제를 더 크게 만들 수도 없어서……."

"……그랬구나."

두 사람의 이야기를 들은 후, 코토리는 으음 하고 신음을 흘리면서 턱에 손을 댔다.

듣고 보니 좀 이상한 이야기이기는 했다. 분명 토카는 예전에 게임센터에서 펀칭머신을 박살낸 적이 있다. 하지만 그건 영력이 봉인되고 얼마 지나지 않았을 적의 일이며, 스트레스 해소를 위해 〈라타토스크〉 측의 감시 하에서 일부러 그렇게 했던 것이다. 토카도 이제 상식을 익혔으니 그런 짓을 할 리가 없었다.

하지만, 토카가 이상한 행동을 했다는 이야기는 야마이 자매만이 아니라 요시노와 나츠미도 했다.

"대체 토카한테 무슨 일이 일어난 거야……."

코토리가 굳은 표정으로 그런 말을 중얼거리고 있을 때, 없는 사람 취급을 당하고 있던 점원이 짜증을 내듯 지면을 발로 걷어차며 입을 열었다.

"이야기는 끝났습니까?"

"아, 미안해요."

코토리는 뒤편을 돌아보면서 그렇게 말한 후, 호주머니에서 핸드폰을 꺼내 〈라타토스크〉에 연락을 했다. 그리고 낮은 목소리로 에이전트를 파견해달라는 요청을 했다.

"……응. 내가 있는 장소로 보내. 가능한 한 서둘러줘."

그리고 전화를 끊고 몇 분이 채 지나기도 전에 검은 옷을 입은 남자들이 나타나 점원 앞을 막아섰다.

"다, 당신들은 누구시죠……?"

"이번 일은 정말 유감입니다. 기계는 변상해드리겠습니다. 자세한 이야기는 이쪽에서 나누시죠."

"예? 아, 예……."

점원은 납득이 가지 않는 표정을 지었지만, 검은 옷을 남자들에게 압도당했는지 그들과 함께 게임센터 안으로 들어갔다.

"자, 토카를 쫓자. 어느 쪽으로 갔는지 알아?"

코토리는 그 모습을 본 후, 다른 이들을 향해 말했다.

─그 후로 3분이 채 지나기도 전에, 또 사람들이 잔뜩 몰려 있는 곳을 발견했다.

야마이 자매가 가리킨 방향으로 뛰어가던 코토리 일행은 길 한복판에 구경꾼들이 몰려 있는 광경을 보았다.

"우와, 또 있네."

"이번에야말로 토카 씨일까요……."

"그럼 좋겠는데 말이야……."

코토리는 요시노의 말에 그렇게 대답한 후, 아까와 마찬가지로 인파를 헤치며 안으로 나아갔다.

그러자, 이곳에 모인 사람들의 시선이 한 소녀에게 향하고 있다는 사실을 알 수 있었다.

하지만 그 소녀 또한 토카가 아니었다. 키가 크고 챙이 넓은 모자와 선글라스로 얼굴을 숨긴 소녀였다.

"저 사람은…… 미쿠?"

코토리는 작은 목소리로 그 이름을 입에 담았다. 얼굴을 숨긴 탓에 바로 알아보지 못했지만, 그 사람은 아이돌이자 정령인 이자요이 미쿠가 틀림없었다.

하지만 그 소녀의 정체를 눈치챈 순간, 코토리의 머릿속에 의문 부호가 생겨났다.

미쿠는 현재 여성 경관(아까 전의 나츠미 같은 가짜가 아니라 진짜였다)에게 제압당한 채 팔다리를 버둥거리고 있었다.

"아니에요, 경찰 언니~! 오해예요~! 저는 그런 사람이 아니라고요~!"

"저항하지 말라고 했지!"

"꺄아~!"

미쿠는 범죄를 저지르다 현행범으로 체포된 범인처럼 저항하고 있었다. 코토리는 무슨 일이 일어난 것인지 모르겠다는 표정을 지으면서 그녀에게 다가갔다.

"……대체 뭘 하고 있는 거야?"

"앗! 코, 코토리 양~! 그리고 여러분!"

코토리의 얼굴을 본 순간, 미쿠의 표정이 환해졌다.

"어떻게 된 거야? 혹시 호주머니에서 넣어둔 흰색 분말이 걸린 거야?"

"뭐?!"

코토리가 농담 삼아서 한 말에, 여성 경관이 반응했다. 그러자 미쿠는 고개를 세차게 저었다.

"무슨 소리를 하는 거예요~! 이 상황에서 여죄를 추궁당할 것 같은 소리 좀 하지 말라고요~!"

"미안해. ……그것보다 오해라는 건 무슨 소리야? 설마…… 토카와 관련된 일이야?"

코토리가 날카로운 시선을 띠면서 묻자, 미쿠는 깜짝 놀란 것처럼 눈을 동그랗게 떴다.

"어머? 어떻게 안 거예요? 아…… 혹시 좋아하는 사람의 마음을 훤히 알 수 있다, 그런 건가요?"

"다들 서두르자."

"아앗~! 죄송해요! 농담했어요! 버리지 말아주세요~!"

미쿠가 울상을 지으면서 그렇게 외치자, 코토리는 하아 하고 한숨을 내쉬면서 그녀를 향해 고개를 돌렸다.

"그런데, 토카가 무슨 짓을 한 거야? 경찰까지 출동한 걸 보면 꽤 심각한 일을 벌인 것 같네."

"아, 예. 그게 말이죠~. 매우 복잡한 이유가 있다고나 할까요……."

미쿠는 말하기 좀 그런지 말끝을 흐렸다. 그러자 코토리는 눈썹을 살짝 찌푸리면서 미쿠를 잡고 있는 여성 경관을 쳐다보았다.

"저기, 이 사람이 무슨 짓을 했나요?"

"불편 방지조례 위반이야."

여성 경관은 한숨을 내쉬면서 대답했다. 그 말을 들은 순간, 코토리의 볼을 타고 땀방울이 흘러내렸다.

"그건……."

"으음, 알기 쉽게 말하자면…… 치한이야. 길가는 여성에게 달려들어 가슴을 만지다 그 여성에게 제압당한 거야."

"……."

여성 경관이 그렇게 말하자, 코토리의 볼에 경련이 일어났다.

그리고 뒤돌아선 그녀는 다른 일행을 향해 말했다.

"다들 이만 가자. 우리는 아무 것도 못 본 거야."

"코, 코토리 야아아아아아아앙! 아니에요오오오오! 저도 모르는 사람한테 그런 짓은 안 해요오오오옷! 지나가던 토카 양을 놀라게 해주려고 했던 것 뿐이라고요오오오오!"

"저항하지 말라고 했잖아! 그리고 그 사람은 너를 모른다고 했어!"

"거짓말이 아니에요, 경찰 언니이이이잇! 저와 토카 양은 몇 번이나 포옹을 했던 사이라고요~!"

미쿠는 비명을 지르면서 버둥거렸다.

아무래도 미쿠가 본 토카 또한 평소와 달랐던 것 같았다. 그 점은 다른 네 사람과 한 마리의 말과 동일했다.

그래도 미쿠는 다른 사람들과는 사정이 꽤 다른 것 같지만, 이대로 체포당하게 됐다가 정신 상태가 불안정해지는 것만은 피해야 한다. 코토리는 또 한 번 땅이 꺼져라 한숨을 내쉰 후, 〈라타토스크〉 측에 연락하기 위해 핸드폰을 꺼내들었다.

◇

하늘에 떠있던 해가 기울어갈 즈음, 시도는 자신의 집 부엌에서 탁탁탁 하는 리드미컬한 소리를 내면서 도마 위에 놓인 채소를 썰고 있었다.

"……좋아. 샐러드는 이 정도면 되겠지."

시도는 그렇게 말하면서 손을 씻은 후, 다른 요리를 시작했다.

현재 다들 외출했기 때문에, 이 집에는 시도 혼자만 있었다. 조용한 부엌에서는 때때로 칼질하는 소리와 기름 튀는 소리만이 들려오고 있었다.

이 집 옆에 있는 맨션에서 사는 정령이 늘어나면서, 식사를 대량으로 준비하는 빈도가 늘어났다. 하지만 시도는 그것을 고생으로 여기지 않았다. 원래 부모님이 자주 집을 비우는 이츠카 가에서는 항상 시도가 요리를 담당하고 있었다. 게다가 자신이 열심히 만든 음식을 먹으며 그녀들이 환한 미소를 지어줄 때마다, 시도는 일종의 보람과 성취감을 느꼈다.

"……응?"

바로 그때, 시도는 갑자기 뒤쪽을 쳐다보았다. 집 어딘가에서 소리가 들려오는 듯한 느낌이 들었다.

"코토리인가……?"

가스레인지의 불을 끈 시도는 복도 쪽을 향해 걸어갔다.

파스타에 꼭 필요한 분말 치즈, 그리고 샐러드에 넣을 드레싱이 부족해서, 코토리에게 사다달라고 부탁했다. 그러고 보니 어느새 돌아올 시간이 되었다.

하지만 문을 열고 복도를 둘러봤지만, 코토리의 모습은

보이지 않았다.

그 대신―.

"이건……."

시도는 발치를 쳐다보면서 미간을 찌푸렸다.

그곳에는 아까까지만 해도 없었던 검은색 발자국이 찍혀 있었다.

누군가가 신발을 신은 채 집에 들어온 것 같았다. 하지만…… 시도가 아는 사람 중에는 그런 짓을 할 만한 이가 없었다.

"……."

꿀꺽, 하고 무의식적으로 마른 침을 삼켰다.

이런 시간에 도둑이 들었을 것 같지는 않지만…… 확실히 이상한 상황이었다. 긴장한 탓에 표정이 굳은 시도는 발소리를 죽인 채 바닥에 나있는 발자국을 따라갔고― 잠시 후, 그는 욕실 앞에 도착했다.

그리고 시도는 욕실 안에서 소리가 나고 있다는 사실을 눈치챘다.

분명― 누군가가 있었다. 한 번 더 마른 침을 삼킨 시도는 각오를 다진 후 문을 열어젖혔다.

"누, 누구야!"

그리고 정체불명의 침입자를 위협하듯 큰 소리로 외쳤다.

하지만― 다음 순간, 시도는 할 말을 잃은 채 그 자리에서 딱딱하게 얼어붙었다.

그곳에 있었던 이는 시도가 상상했던 것처럼 빈집털이범
이나 강도가 아니라— 실오라기 하나 걸치지 않은 아름다운
소녀였기 때문이다.

"토…… 토카?!"

시도는 무심코 고함을 질렀다.

그렇다. 그녀는 바로 이츠카 가의 옆에 있는 맨션에서 살
고 있는 정령, 토카였다.

아무래도 그녀는 몸을 씻고 있는 것 같았다. 게다가 샤워
기로 씻는 것이 아니라, 욕조에 받아둔 물을 머리에 끼얹고
있는 것 같았다.

신의 사랑을 한 몸에 받은 듯한 천사 같은 나신에 젖은 칠
흑빛 머리카락이 붙자, 요염하기 그지없는 매력이 풍겨 나왔
다. 시도는 아까와는 전혀 다른 의미에서 마른 침을 삼켰다.

"앗……!"

바로 그때, 시도는 어깨를 부르르 떨었다. 갑작스러운 사
태 탓에 얼이 나간 자신이 토카의 알몸을 뚫어져라 응시하
고 있다는 사실을 그제야 눈치챈 것이다.

"미, 미안해! 안에 있는 사람이 토카일 거라고는 꿈에도
생각 못했어!"

시도는 볼을 새빨갛게 붉히면서 고개를 돌렸다.

하지만 토카는 비명을 지르지도, 세숫대야를 던지지도 않

았다. 그저 무시무시한 시선으로 조용히 시도를 노려보기만
했다.

"……"

토카라고 불린 소녀는 날카로운 시선으로 눈앞에 있는 소
년을 살펴보았다.

눈을 떠보니 처음 보는 장소에 있었던 그녀는 주위를 걸
어 다니는 인간을 참고해 의복을 만들어냈다. 그리고 주위
를 돌아다니면서 주변 환경을 관찰하고 있었는데…… 어찌
된 영문인지 자신의 두 발이 자연스럽게 이 집으로 향했다.

그리고 물가를 발견한 그녀는 옷을 분해한 후, 몸을 씻기
시작했다. —아까 정체불명의 여자와 접촉하면서 부정을 탄
몸을 씻고 싶어졌던 것이다.

하지만 그러던 와중, 문이 열리더니 이 소년이 나타났다.

"네 놈은……"

바로 그때, 그녀의 눈썹이 흔들렸다.

아까부터 어딘가에서 본 적이 있다는 생각이 들었는
데…… 드디어 기억이 난 것이다.

그렇다. 이 소년은 일전에 하늘 높이 솟은 건물 위에서 자
신과 싸운 인간이다. 어찌된 영문인지 〈오살공(鏖殺公)〉을
쥐고 있던 이 남자는— 그녀에게 입맞춤을 했다.

"…………."

그 기억이 되살아난 순간, 그녀의 굳은 얼굴은 경계심으로 물들었다.

어째서 자신이 이런 곳에 있는 것인지는 모르겠지만, 일전에 이 소년과 키스를 한 순간 의식을 잃었다.

그렇기에 이 현상에도 이 소년이 관여하고 있을 가능성이 존재했다. 그녀는 그렇게 결론을 내린 후, 한 걸음 앞으로 내디뎠다.

"—네 놈."

"토, 토카, 미안해……. 진짜로 나쁜 뜻은 없었어."

그녀가 입을 연 순간, 소년은 미안해하는 듯한 목소리로 그렇게 말했다.

역시 그녀가 이 세계에 현계한 것은 이 소년 때문인 걸까. 하지만, 그는 아까부터 그녀와 시선을 마주하려 하지 않았다.

"아, 아무튼! 네가 다 씻고 나면 다시 사과할 테니까, 머, 먼저 밖에 나가 있을게!"

그는 갑자기 큰 목소리로 그렇게 말한 후, 뭔가를 찾듯 손을 내저었다.

"……윽."

—무슨 짓을 할 생각인 걸까? 그렇게 생각한 그녀는 자세를 낮추면서 상대의 행동에 대비했다.

하지만 그는 그녀에게 달려들지 않았다. 문손잡이를 잡은 그는 그녀의 시야를 차단하려는 것처럼 문을 닫기 시작했다.

"놓치지 않겠다."

이 소년이 뭘 하려는 건지는 모르겠지만, 뜻대로 하게 둘 생각은 없었다. 그녀는 문을 잡더니 그의 행동을 저지했다.

"네놈, 무슨 속셈인 게냐."

"소, 속셈? 나는 그저 문을 닫으려고……."

"그렇게는 안 된다. 자, 우선 이 상황을 설명해봐라. 네놈, 무슨 목적으로 나를 불러낸 거지?"

"부, 불러내……? 그, 그야, 다 같이 저녁을 먹으려고……."

"…………."

이 소년의 말이 이해가 안 된 그녀는 미간을 찌푸렸다.

"얼버무리지 말고, 나를 쳐다보면서 말해봐라."

"아, 아니, 그럴 수는……."

"닥쳐라."

그녀는 언짢은 목소리로 말하면서 그의 얼굴을 움켜잡더니, 억지로 자신 쪽으로 돌렸다.

"……우왓?!"

얼굴이 더욱 새빨개진 그는 도망치듯 뒤로 몸을 뺐다.

"네놈, 거기 서라."

그녀는 차가운 목소리로 그렇게 말하면서 그를 향해 걸음을 내디뎠다.

하지만— 바로 그 순간이었다. 발이 미끄러진 그녀는 그대로 균형을 잃고 말았다.

"큭……?!"

갑작스러운 일이라 균형을 잡을 수가 없었다. 그녀는 그대로 눈앞에 있는 소년과 함께 바닥에 쓰러지고 말았다.

"……윽!"

"……어?!"

소녀와 소년은 경악을 금치 못하면서 동시에 숨을 삼켰다. 하지만— 둘 다 아무 말도 내뱉을 수 없었다.

이유는 단순했다. 쓰러지던 소녀의 입술이 소년의 입술을 그대로 막아버렸기 때문이다.

"——."

그 순간. 그녀는 머릿속에서 불꽃이 튀는 느낌을 받았다.

◇

"—하아, 하아—."

코토리 일행은 숨을 헐떡이면서 텐구 시의 주택가를 달리고 있었다.

그녀들의 목적지는 이츠카 가였다. 코토리의 오빠인 시도가 그곳에서 모두가 먹을 식사를 준비하고 있었다.

"미쿠, 토카가 우리 집 쪽으로 향했다는 건 정말이지?!"

"예~! 틀림없어요~! 저도 그쪽으로 향하고 있었으니까요~!"

뒤편에서 모자를 한손으로 누른 채 달리고 있는 미쿠의 목소리가 들려왔다.

　〈라타토스크〉의 협력자는 경찰 내부에도 있다. 그 자를 통해 손을 써서 사태를 수습하기는 했지만, 꽤 시간이 걸리고 말았다. 코토리는 어금니를 깨물면서 발에 더 힘을 줬다.

　토카가 시도를 찾아가는 것 자체에는 문제가 없다. 사실 토카는 매일 같이 이츠카 가에 놀러왔으니까 말이다.

　하지만 다른 이들의 말에 따르면, 현재 토카는 정상이 아닌 것 같았다. 단순히 변덕을 부리고 있거나 다른 이들이 착각을 한 거라면 괜찮지만, 어쩌면 영력과 관련된 문제가 벌어졌을 수도 있기에 낙관시할 수는 없었다. 조용한 주택가에 코토리 일행의 급한 발소리가 울려 퍼지고 있었다.

　—일행은 곧 목적지에 도착했다.

　딱히 집에는 이상이 없어 보였다. 적어도 게임센터의 펀칭 머신처럼 현관이 부서져있지는 않았다.

　하지만 아직 안도할 수는 없었다. 다급하게 현관문을 연 코토리는 복도를 내달린 후, 거실 문을 열어젖혔다.

　"시도! 무사해?!"

　그리고 거실 안에 뛰어 들어가면서 큰 목소리로 외쳤다.

　하지만……

　"—아. 어서 와, 코토리. ……어? 뭐야. 다른 애들과 같이 온 거야?"

땀으로 범벅이 된 코토리 일행을 맞이한 것은 시도의 느긋한 목소리였다.

아니— 시도만이 아니었다.

"오오, 다들 왔구나! 기다리고 있었다!"

"토카……?"

그 뒤를 이어 거실 소파 쪽에서 목소리가 들려오자, 코토리는 당혹스러운 표정을 지었다.

코토리의 예상대로 그곳에는 토카가 있었다. 하지만…… 다른 정령들의 말과는 달리, 평소와 다름없어 보이는 토카는 평소처럼 활기차게 손을 흔들며 코토리 일행을 반기고 있었다.

"……어떻게 된 거야?"

코토리가 미간을 찌푸리면서 같이 뛰어온 이들을 쳐다보니, 그녀들은 믿기지 않는다는 듯이 눈을 치켜뜨고 있었다.

"토, 토카 씨……?"

"……뭐야. 아까와는 태도가 영 딴판이잖아."

"음?"

요시노와 나츠미가 그렇게 말하자, 토카는 영문을 모르겠다는 듯이 고개를 갸웃거렸다.

"아까……? 그게 무슨 소리지?"

"어……? 뭐야. 기억 안 나는 거야?"

"당혹. 펀칭머신을 박살낸 것도 잊은 건가요?"

"토카 양 때문에 전과가 생길 뻔 했다고요~!"

"……미쿠는 자업자득이라고 생각해."

다들 입을 모아 그렇게 말했지만, 토카는 무슨 소리인지 모르겠다는 듯이 미간을 찌푸렸다.

"으음……? 다들, 누구 이야기를 하는 것이냐? 나는 그런 짓을 하지 않았다."

"이게 대체……."

코토리는 입에 손을 댔다. 토카의 표정을 보아하니 거짓말을 하고 있는 것 같지는 않았다. 하지만 다른 정령들이 합심해서 토카를 모함하고 있다고 생각하기도 힘들었다.

"……저기, 시도. 토카가 오고 나서 이상한 일이 벌어지지는 않았어?"

"이상한 일? 딱히 그런 건……."

시도는 갑자기 말을 잇다 멈추더니, 부끄러워하듯 고개를 돌리면서 볼을 살짝 붉혔다. 그리고 그런 시도를 본 토카 또한 비슷한 표정을 지었다.

"……두 사람 다 왜 그래? 무슨 일 있었던 거야?"

"아, 아냐. 아무 일도 없었어. 토카, 내 말 맞지?"

"으, 음! 아무 일도 없었다!"

"……."

코토리는 당황할 대로 당황한 두 사람을 도끼눈으로 쳐다보았다. 그러자 시도는 얼버무리듯이 큰 목소리로 말했다.

"그, 그것보다! 오늘은 맛있는 걸 잔뜩 준비했어! 다들 손 씻고 자리에 앉아!"

시도는 재촉하듯 손뼉을 치며 말했다.

다들 의문이 완전히 가시지는 않은 것 같지만, 부엌에서 흘러나오는 맛있는 냄새를 맡더니 환한 표정을 지으며 화장실로 걸어갔다.

"대, 대체 뭐가 어떻게 된 거야……."

코토리는 끝까지 미간을 찌푸리고 있었지만, 집까지 뛰어오느라 그녀 또한 뱃가죽이 등에 붙을 것만 같았다. 그리고 이 순간을 기다리기라도 한 것처럼 코토리의 배에서 꼬르륵…… 하는 소리가 흘러나왔다.

"으윽……."

일단 밥을 먹은 후에 추궁을 하기로 결심한 코토리는 다른 이들과 마찬가지로 화장실을 향해 걸음을 옮겼다.

■ 작가 후기

오래간만입니다. 타치바나 코우시입니다.

사령관님이 표지를 장식한 『데이트 어 라이브 앙코르4』를 여러분에게 전해드립니다. 어떠셨습니까. 여러분의 마음에 들었으면 좋겠습니다.

자, 조금 갑작스럽습니다만 여러분에게 알려드릴 일이 있습니다.

이 책이 발매된 날로부터 이틀 후인 8월 22일에 『극장판 데이트 어 라이브 마유리 저지먼트』가 공개됩니다! 와아~! 짝짝짝짝!

극장판, 그것도 완전 오리지널 스토리입니다. 이걸 놓치면 후회할 겁니다. 잘 부탁드립니다!

그럼 다시 후기로 돌아가겠습니다.

이번 『앙코르』도 물론 단편집입니다만, 이번 권에 수록된 단편은 평소처럼 드래곤매거진에 게재됐던 것들이 아니라 『데이트 어 라이브』 애니메이션 1기 블루레이&DVD의 특전

소설입니다. 그래서 각 단편의 시간대는 애니메이션 1기 당시입니다. 즉, 원작으로 치면 4권까지입니다.

그럼 이제부터 『앙코르』 매권에서 그래왔듯 각 단편에 대한 간략한 해설을 할까 합니다. 약간의 스포일러가 포함되어 있을 수도 있으니, 읽지 않으신 분들께서는 주의해주십시오.

○토카 워킹

특전인 만큼 캐릭터 한 명 한 명에게 스포트라이트를 맞추기로 했습니다. 그리고 그런 상황에서, 돌격대장 역할을 맡을 캐릭터는 역시 토카뿐이더군요.

그래서 이 이야기에서는 토카에게 아르바이트를 시키기로 했습니다. 이 시절의 토카는 영력이 봉인되고 얼마 지나지 않았기 때문에 아직 상식이 부족한 편입니다. 하지만 토카는 지식이 부족할 뿐 머리가 나쁜 것은 아니기에(강조), 자기 나름대로 머리를 쓰면서 일에 적응해 나가죠. 그리고 마지막에 화낸 것도, 자기 자신이 아니라 시도가 모욕당했기 때문입니다. 음, 역시 토카는 귀엽네요. 너무 귀여워요. 이런 히로인을 만들어낸 저는 행운아입니다.

○요시노 하이스쿨

그러고 보니 이 이야기는 특전 1권의 표지(이 책의 컬러 일러스트로도 쓰인, 토카와 요시노의 일러스트)에 맞춰 탄생한 이야기입니다. 첫 발상은 「요시노에게도 교복을 입히고 싶어!」였던 걸로 기억합니다.

그리고 잠입 요소를 더해, 스니킹 미션 풍으로 만들어봤습니다. 토카의 단편과 마찬가지로, 아직 이쪽 세계에 익숙하지 않던 시기의 요시노이기에 가능한 이야기라고 생각합니다. 그러고 보니 캐릭터의 성장과 작품 속 시간의 흐름에 따라 새로운 이야기를 쓸 수 있게 되는 것과 동시에 쓸 수 없는 이야기가 생기는 군요. 여름에 수영 수업을 다루지 않았던 걸 떠올리고 피 눈물을 흘렸던 게 생각납니다.

○오리가미 노멀라이즈

오리가미 평범화 계획 발동. 참고로 그녀가 「평범」하게 만들려는 것은 지나치게 우수한 성적이나 전자부품이 머리에 박혀 있는 점, 그리고 남들과는 조금 다른 소녀 감성입니다. 취미 및 취향과는 전혀 상관없어요. 진짜입니다.

오리가미와 아이, 마이, 미이의 대화를 쓰면서 즐거웠던

게 기억납니다. 시도도 점점 오리가미의 언동에 익숙해졌을 이 시기에, 완벽한 일반인이 오리가미의 언동에 어떤 반응을 보일지 생각하는 게 정말 즐거웠습니다. 아, 오리가미 양은 평범하거든요? 진짜로 평범하다고요.

○쿠루미 캣

고양이와 아이에게는 상냥한 쿠루밍 등장. 지금까지 그리지 못했던 쿠루미의 일면과 고양이에 대한 토카의 반응이 담겨 있어서 저도 꽤나 좋아하는 이야기입니다.

그러고 보니 이 이야기에서 처음으로 쿠루미의 분신들이 쿠루미 본인에게 딴죽을 날린 것 같군요.

지금까지 분신은 쿠루미에게 완벽하게 통제되고 있는 일개 생물로 묘사해왔습니다만, 마(魔)의 단편 시공에 빨려 들어가면서 자아를 가지게 됐습니다. 아마도요. 분명 이게 『앙코르 3』의 『쿠루미 산타클로스』로 이어진 걸 겁니다.

○마나 미션

마나가 아직 DEM인더스트리에 소속되어 있던 시절의 이야기입니다. 이 이야기도 개인적으로 좋아합니다. 이야기 자체도 그렇습니다만, 앞부분에 실린 제시카와 엘렌의 대화도 좋았습니다. 이걸 7권을 집필한 후에 썼으니, 본편에서는 이미 제시카가 퇴장했었습니다. 그래서 그런지 약간 숙연한 기분이 들었습니다. 이번에 삽화가 추가되어 기쁜 장면이기도 합니다.

그리고 은행에서 보초를 서다 마나에게 당한 2인조의 대화도 좋습니다. 일본인 여자애는 강하죠.

○코토리 미스터리

하늘 위의 밀실 〈프락시너스〉에서 일어난 살인사건을 풀어라!

BD에 수록된 마지막 소설인 이 작품은 코토리를 중심으로 한 이야기입니다. 미스터리 요소를 도입했죠. 코토리는 물론이고, 평소에는 스포트라이트를 받지 못하는 〈프락시너스〉 승무원들의 퍼스널리티를 깊이 다루고 싶었습니다. 미노와 씨는 오리가미의 선배 같은 느낌이 드는 군요. 참고로 「마하르 키타」는 타갈로그어(필리핀의 공용어)로 「사랑해」라는 의미입니다. 수록 현장에서 미키모토 역의 토네 켄타로 씨가 애드리브로 이 말을 하시는 걸 듣고 처음으로 알았습니다. 토네 씨, 어째서 그런 말을 알고 있는 겁니까······.

○토카 리버스

 신작 단편, 토카 편. 토카 편이 두 편 수록되게 되었습니다만, 여기의 토카는 평소와 좀 다릅니다. 대체 무슨 일이 있었던 걸까요. 「리버스」라는 단어가 제목에 쓰이기는 했지만, 토카가 구토를 하는 이야기는 아닙니다.
 이 이야기는 다른 여섯 개의 이야기와는 시간대가 다르기 때문에 야마이 자매, 미쿠, 그리고 나츠미도 나옵니다. 나츠미 시점에서 요시노에 대해 쓰니 왠지 평소보다 3할은 더 귀여운 것 같습니다. 확 결혼하고 싶네요.
 그리고 삽화가 세 장이나 들어간 호화 단편입니다. 마지막 토카와 나츠미 경찰복도 최고지만, 개인적으로 추천하는 건 카구야의 사복이네요. 등과 옆구리와 어깨와 옷깃이 정말 끝내줍니다.

 자, 이번에도 많은 분들이 힘써주신 덕분에 이 책이 나올 수 있었습니다.
 일러스트레이터이신 츠나코 씨와 담당 편집자님, 디자이너이신 쿠사노 씨, 편집부 여러분, 그 외에도 출판, 유통, 판매에 관여해주신 모든 분들, 그리고 이 책을 읽어주신 여러분에게 진심으로 감사드립니다.

  그럼 다음은 『데이트 어 라이브 13』 혹은 『언젠가 세계를 구하기 위해 —퀼리디아 코드』를 통해 만나 뵙겠습니다.

2015년 7월 타치바나 코우시

■ 역자 후기

　안녕하십니까. 근로청년 번역가 이승원입니다.

　『데이트 어 라이브 앙코르 4』를 구매해주셔서 진심으로 감사드립니다.

　현재 이 후기는 하늘 위에서 쓰고 있습니다. 일 때문에 일본에 가고 있거든요. 그러고 보니, 앙코르 3권은 배 타고 일본 가면서 후기를 썼군요. 왠지 앙코르는 해외에서 후기 및 마무리 작업을 하는 일이 많은 듯 합니다, AHAHA.

　1월 중순이 넘어서 본격적인 추위가 시작된 것 같습니다. 기온도 영하권에서 올라올 기미를 보이지 않네요.

　특히 올해 감기는 염증을 동반한다고 하네요. 단순 감기라고 얕봤다간 큰코다친다고 합니다. 실은 저도 감기 때문에 며칠 동안 정신을 못 차릴 정도로 아팠습니다. 여러분은 감기 걸리지 않고 건강히 겨울을 보내셨길 진심으로 빕니다!

　그럼 이번 권에 대한 이야기를 조금 해볼까 합니다. 스포일러가 포함되어 있으니 아직 본문을 읽지 않으신 분은 유의해주시길!

　작가님께서 후기에서 말씀하셨듯이 이번 권은 애니메이션 데이트 어 라이브 블루레이 특전으로 나왔던 단편 소설들로 구성되어 있습니다.

　시간대가 1기, 즉 본편으로 치면 4권까지인지라 많은 등장인물이 나오지는 못했지만, 그 만큼 각 캐릭터의 매력이 물씬 드러나고 있죠.

　태어나서 처음으로 아르바이트를 하는 토카도 귀여웠고, 모 뱀병장님 뺨칠 정도로 끝내주는 잠입 능력을 선보인 요시노도 정말 좋았습니다.

　안 그래도 평범한데, 더 평범해지려고 노력하는 오리가미, 그리고 일본인 여자애에 대한 환상(?)의 집약체 같은 마나, 탐정 모드 코토리도 좋았죠.

　하지만…… 가장 끝내줬던 건 역시 쿠루미가 아닐까 싶습니다. 크윽! 고양이와 어린아이에게는 상냥한 쿠루미는 정말 좋더군요. 특히 단편의 일러스트는 정말……. 처음 본 순간, 완전 심쿵했습니다. AHAHA.

　그리고 마지막 신작 단편의 토카는…… 역시 좋더군요. 거의 열 권만에 등장한 토카라 그런지(응?) 너무 반가웠습니다. 앞으로는 자주 등장해줬으면 좋겠습니다(어이).

그럼 이만 줄이겠습니다.

항상 재미있는 작품을 맡겨주시는 L노벨 편집부 여러분. 정말 감사합니다. 앞으로도 잘 부탁드립니다.

누구 집 김치가 더 맛있는지 열띤 토론을 하다 결국 시식을 해보고 결론을 내리자고 한 친구들이여. 토론을 하는 건 좋거든? 그런데 왜 내 작업실에서 시식회를 하는 건데? 그것도 삼겹살과 술까지 사가지고 와서! 그렇게 내 작업을 방해하고 싶은 것이옵니까아아앗!

마지막으로 언제나 제게 버팀목이 되어주시는 어머니와 『데이트 어 라이브』를 읽어주신 모든 분들에게 진심으로 감사드립니다.

정령 공략을 위해 만화(?)까지 그려야 하는 13권 역자 후기 코너에서 다시 뵙겠습니다!

2016년 1월 말
역자 이승원 올림

데이트 어 라이브 앙코르 4

1판 1쇄 발행 2016년 3월 10일
1판 3쇄 발행 2019년 6월 28일

지은이_ Koushi Tachibana
일러스트_ Tsunako
옮긴이_ 이승원

발행인_ 신현호
편집국장_ 김은주
편집진행_ 최은진 · 김기준 · 김승신 · 원현선 · 권세라
편집디자인_ 양우연
국제업무_ 정아라 · 전은지
관리 · 영업_ 김민원 · 조인희

펴낸곳_ (주)디앤씨미디어
등록_ 2002년 4월 25일 제20-260호
주소_ 서울시 구로구 디지털로 26길 111 JnK디지털타워 503호
전화_ 02-333-2513(대표)
팩시밀리_ 02-333-2514
이메일_ lnovelpiya@naver.com
ㄴ노벨 공식 카페_ http://cafe.naver.com/lnovel11

원제 DATE A LIVE ENCORE 4
© Koushi Tachibana, Tsunako 2015
Edited by FUJIMISHOBO
First published in Japan in 2015 by KADOKAWA CORPORATION, Tokyo.
Korean translation rights arranged with KADOKAWA CORPORATION, Tokyo.

ISBN 979-11-86906-55-2 04830
ISBN 978-89-267-9334-3 (세트)

값 6,800원

© 2013 Eiichi KONOMURA / SHOGAKUKAN
Illustrated by RYUTETSU

노노메메, 하트 브레이크 1~3권

코노무라 에이치 지음 | 류테츠 일러스트

여자들에게 계속 차이는 운명을 짊어지게 된 시노노메 메부키.
하지만 천국의 소녀 · 텐노즈를 끌어들여,
그는 오늘도 기운차게 금방 사랑에 빠진다!
폐부 직전의 야구부 매니저, 접근하는 사람에게 불행을 가져다주는 여자아이,
만담가를 꿈꾸지만 사정이 있어 상대역이 없는 선배.
한 눈에 반한 소녀들을 위해 두 팔을 걷어붙이고 힘차게 내달리며
상처 입으면서……
그래도 그는 사랑을 한다.

운명에 거역하며
금방 사랑에 빠지는 러브코미디 개막!!

라이트노벨의 새로운 빛! L노벨의 신간은 매월 10일에 발매됩니다. http://cafe.naver.com/lnovel11